떨리는 손

떨리는 손

김창규
이명현
이은희
이종필
정경숙

지음

율코율로

차례

세상을 둘로 나누는 것만큼 쉽고 어리석은 일은 없다고들 한다. 우리의 수많은 실수 가운데 상당수가 섞일수 없고 중간 지대도 없는 두 진영을 상정하면서 발생하기 때문이다. 칼럼이든 소설이든 글을 쓰는 많은 이가 이분법의 그늘에 가린 소외 지대와 양쪽을 잇는 다리에 눈길을 주는 것 또한 이유가 다르지 않다.

SF를 쓰고 SF에 관해 이야기하는 자리에 참석하다 보면 특정 다리를 자주 건너게 된다. 그 다리의 한쪽에는 논리 · 이성 · 과학이 줄을 서 있고, 건너편에는 감성 · 상상 · 이야기가 모여 있다. 다리 한복판에는 대개 동료

SF 작가들이 모여 있으며, 최근 들어 이 다리에 새로 발을 올리고 환하게 인사를 건네는 사람들이 늘고 있다. 아무래도 새로운 시각과 영감을 과학에서 구하고픈 작가들이 많다 보니 다리 위 교통량은 한 방향으로 치우치는 경우가 잦다. 작가들이 천문대를 방문하고, 연구 및 관측 시설을 견학하고, 과학자들을 찾아가 강의를 듣거나 토론하는 경우가 그렇다.

그리고 이따금, 일방성 교류가 일어나는 가운데 누군가 무심히 또는 진지하게 말하곤 한다.

"과학자 여러분도 SF를 써 보시는 게 어때요?"

바로 이 책이 그 한 마디에서 시작되었다. 그리고 "나도 드라마 마니아인데." "무협의 역사에 대해 얘기해 볼까요?" 같은 과학자들의 고백과 수다가 이어지면서 권유는 기획이 되었다.

모르긴 해도 이 권유의 역사는 아주 길 것이다. 영미권만 보더라도 SF의 1차 전성기에 좋은 SF를 남긴 과학자들이 적지 않으므로. 그뿐이 아니다. 기술을 발전시키고 지금도 실시간으로 세계를 바꿔 나가는 수많은 이공계 사람들이 어릴 적 SF를 읽으면서 영감을 얻었노라고 털어놓는다. 어쩌면 이성팀과 감성팀을 잇는 다리는 생각보다 훨씬 짧을지도 모른다.

그리고 소설을 쓰는 한 사람으로서 나는 안다. "공감하기 위해서는 감성뿐 아니라 지능도 필요하다"는 어떤 분의 말씀을 굳이 인용하지 않더라도, 독자를 상정하고, 그들에게 이야기를 제공하고, 내 두뇌 속 울림과 울음과 울렁임을 전달하는 창작이란 것은 이성과 감성이라는 두 손을 모두 써야 가능한 줄다리기라는 점을.

논리와 과학에 두뇌를 많이 쓰는 이들이 그 줄다리기를 어떻게 계획해 놓았는지 독자가 느끼고 즐긴다면 이 책의 목표는 달성한 셈이다. 그에 더해 좋은 이야기는 창작자의 직업과 무관하다는 점까지 전달된다면, 기획에 동참한 이들에게 그보다 보람찬 일은 없을 것이다.

과학자들이 쓴 SF에 균형을 맞추고자 비과학자 겸 SF 작가인 나는 판타지를 한 점 보태 두었다.

2020년 2월에
김창규

폴리아모리
유니베르스타

이명현

"너는 전파망원경의 자식이야."

나는 미국 뉴멕시코주에 있는 어느 전파망원경 아래에서 잉태되었다. 엄마와 아빠는 전파천문학자였다. 페르세우스자리 유성우가 한창이던 밤이었다. 일 년 뒤 뉴멕시코주 소코로에 있는 오래된 진흙집에서 내가 태어났다. 페르세우스자리 유성우가 찾아오는 8월 12일이 되면 우리 가족은 여행을 떠나곤 했다. 주로 뉴멕시코의 전파천문대를 찾아갔다. 푸에르토리코나 네덜란드의 베스터보르크 또는 중국 귀주에 있는 전파천문대가 우리들의 방문지였다.

"난 죽기 싫어."

떨어지는 별똥별을 보면서 속삭이듯 외쳤는데 내 목소리가 너무 컸나 보다. 나란히 누워서 페르세우스자리 유성우를 즐기고 있던 엄마와 아빠가 몸을 일으켰다. 뉴멕시코주의 바로 그 전파망원경 아래였던 것 같다. 엄마는 내 머리를 쓰다듬었고, 아빠는 미소를 지으며 나를 바라봤다. 사실 죽음이 무엇인지 깨닫기에는 내가 살아온 세월이 너무 짧았다. 나는 고작 여섯 살이었으니까. 돌이켜 생각하면 죽음이라는 것을 눈앞에서 뭔가 갑자기 사라지는 것으로 인식했던 것 같다.

나는 아빠에게 물었다.

"죽으면 어떻게 돼?"

"안타깝지만 사람은 모두 죽어. 사람들은 죽으면 자신이 흩어져서 자연으로 돌아간다는 사실을 받아들이기 힘들어하지. 그래서 죽으면 다른 세상으로 간다고 믿는 거야. 그래야 위안이 되거든. 하지만 그건 좋은 태도가 아니야. 자신을 속이는 거잖아. 다른 사람도 속이는 거고."

간헐적으로 떨어지는 별똥별을 바라보면서 엄마와 아빠와의 긴 이야기가 이어졌다. 당시에 내가 이해할 수 있는 것은 거의 없었지만 모든 이야기가 그럴듯하게

이명현

들렸다.

"우리 몸을 이루고 있는 원소들은 별 안에서 만들어졌어. 별이 빛을 내면서 산소나 탄소 같은 원소를 만들어 낸 거야. 별은 일생을 살고 죽으면서 이런 원소들을 성운에 흩뿌려. 시간이 지나면 성운이 뭉쳐서 다시 별이 되지. 그 별은 또 원소를 만들고 죽고."

"그럼 우리는 별에서 온 거야?"

"그렇지. 그렇게 만들어진 원소들이 가득한 성운 속에서 태양도 생기고 지구도 생긴 거야. 그 지구 속에서 생명이 태어났어. 그러니 당연히 우리 몸속의 원소는 머나먼 별에서부터 온 거지."

"그럼 저 전파망원경도 별에서 온 거야?"

엄마가 끼어들었다.

"크게 보면 그렇게 말할 수 있어. 사실 수소는 우주 공간에서 생겨났지. 별 안에서 만들어지지 않는 건 또 별이 죽으면서 생겨나기도 해."

생각해 보면 엄마와 아빠는 그날 어린 딸을 눕혀 놓고 빅뱅 우주론부터 별의 탄생과 원소의 생성 그리고 별의 최후에 이르기까지 정말 많은 이야기를 들려줬던 것 같다. 그러고 보니 엄마와 아빠는 언제나 딸에게 더 많은 말을 하고 싶어서 경쟁하곤 했다. 이 모든 것의 의미를 깨닫기까지는 한참의 시간이 더 필요했지만 그날 내 마음에는 큰 떨림과 울림이 있었다.

"그래서 우리는 별에서 온 먼지야. 생각하는 별 먼지."

별 먼지라니. 생각하는 별 먼지라니. 두 사람에게 이야기하지는 않았지만 이 단어는 내 삶의 등대가 되었고 북극성이 되었다.

내 눈은 거의 감겼고 엄마와 아빠의 목소리가 아련하게 꿈속으로 타고 들어오고 있었다.

"나는 죽으면 우주로 갈 거야. 양자 얽힘 현상을 응용해서 유전자 정보와 의식 정보를 다른 행성으로 보내는 연구가 꽤나 활발하게 진행되고 있잖아. 난 캡슐에 담겨서 우주로 가기는 싫거든. 연구가 빨리 진척되면 좋겠어."

"나도! 우리, 늦게 죽는 사람이 챙겨 주기로 하자."

*

앤 아주머니가 페르세우스자리 유성우 기간을 우리

이명현

와 같이 보낸 것은 그때가 처음이었다. 나는 열 살이었고 샘은 열두 살이었다. 엄마와 아빠와 나는 한 달째 베스터보르크 전파천문대에서 지내고 있었다. 엄마와 아빠는 비가 오는 와중에도 전파 관측을 하느라 바쁜 나날을 보내고 있었다.

8월 12일이 다가오는데 며칠째 계속 비가 내렸다. 가끔씩 페르세우스자리 유성우가 진행되는 기간 내내 비가 오거나 구름이 많이 끼어서 유성우를 전혀 못 보고 지나가는 경우도 있었다. 그때도 그랬다. 비는 그칠 것 같지 않았고 일기 예보에서도 며칠은 더 비가 올 것이라고 했다. 앤은 비가 오는데도 차를 몰고 샘과 함께 전파천문대로 왔다. 페르세우스자리 유성우를 보겠다는 것은 핑계였는지도 모른다.

앤 아주머니와 칼 아저씨와 샘은 집에도 몇 번 놀러 왔다. 같이 오기도 했고 앤 따로 칼 따로 오기도 했다. 우리는 밖에서 같이 영화를 보기도 했고 함께 식사를 하기도 했다. 하지만 열흘이 넘도록 같이 지낸 것은 그때가 처음이었다. 샘과 나는 숲속 이곳저곳을 돌아다니며 전력을 다해서 놀았다. 샘은 나보다 나이는 두 살 많았지만 전혀 오빠처럼 굴지 않았다. 오빠는 마냥 귀찮

고 자신들을 괴롭히는 존재라고 친구들한테 너무 자주
들었기 때문에 사실 샘을 처음 봤을 때 약간 경계했었
다. 우리는 하루 종일 숲속을 돌아다니다가 숙소로 돌
아와서 저녁을 먹고는 곧바로 쓰러져서 잠에 드는 나날
을 반복하고 있었다.

　하루는 잠깐 잠에서 깼는데 문틈으로 거실 불빛이 들
어오고 있었다. 숲속의 풀 냄새도 나는 것 같았다. 타들
어 가는 숲의 냄새랄까. 나는 살며시 문을 열었다.

　"사랑해."

　"앤, 나도 사랑해."

　앤 아주머니와 엄마가 서로 꼭 껴안고 키스를 하고
있었다. 아빠는 다른 쪽에서 흔들의자에 앉아 책을 읽
고 있었다. 꿈인가 했다. 문틈으로 고개를 내밀고 있는
나를 보고 아빠는 이리 오라고 손짓했다. 나는 뭐가 뭔
지 몰라서 어리둥절한 채로 아빠에게로 갔다. 마리화나
연기 속에서 앤 아주머니와 엄마는 나를 보고 한번 웃
어 주더니 계속 서로를 만지고 키스를 이어 갔다. 아빠
한테로 걸어가는 그 짧은 시간이 무한대의 시간처럼 느
껴졌다. 상황이 이해되지 않았지만 뭔가 심상치 않다고
는 느끼고 있었다. 아빠는 나를 무릎 위에 앉히고는 꼭

　　　　　　　　　　　　　　　　　이명현

껴안아 주었다.

"앤 아주머니와 엄마는 서로 사랑하고 있어. 엄마와 아빠가 서로 사랑하는 것처럼 말이야. 앤 아주머니와 아빠도 서로 사랑하는 사이야. 우리는 모두 각자 서로를 사랑해. 아직 너는 어려서 이해하기 힘들 수도 있을 거야. 하지만 사람이 사람을 사랑하는 것은 그 어떤 것보다 아름다운 거야."

아빠는 내 뺨에 뽀뽀를 해 주었다. 마리화나 냄새가 스쳤다. 아빠는 나를 안고 방으로 데리고 가 잠이 들 때까지 이런저런 우주 이야기를 들려주었다. 어렸을 때부터 아빠는 내가 잠들 때까지 별과 우주와 우주 여행 이야기를 들려주곤 했다. 아빠가 지어 낸 그 숱한 이야기들을 다 기억하지 못하는 것이 너무 아쉬울 따름이다. 그날 아빠는 우주 여행을 떠난 두 가족 이야기를 들려주었다. 어린 소녀와 소년 그리고 남자 어른 두 명과 여자 어른 두 명이 다른 행성에 살고 있는 친구들을 찾아가는 과정에서 벌어지는 모험 이야기였다. 그곳에서도 어른들은 각자 서로가 서로를 사랑하는 사이였다. 앤 아주머니와 엄마와 아빠처럼. 이해하기는 힘들었지만 아빠가 아름다운 것이라고 말해 주어서 마음은 한껏 편해졌다.

샘과 나는 다음 날도 부슬부슬 내리는 빗속에서 숲을 돌아다녔다. 나는 샘과 비밀 이야기를 나눌 만큼 충분히 친해졌다고 생각했다.

"있잖아, 비밀 이야기 하나씩 서로 교환하는 거 어때?"

내가 조심스럽게 물었다.

"좋지. 내가 먼저 할게. 칼은 우리 아빠가 아니야. 앤도 엄마가 아니지. 내 말은 낳아 준 엄마와 아빠가 아니라는 거야. 누가 나를 낳았는지는 몰라. 앤도 칼도 모른다고 했어. 그렇지만 두 사람은 지금 우리 엄마고 아빠야. 난 둘 다 사랑해."

샘의 말을 들으면서 잠깐 동안 우리 엄마와 아빠는 날 낳아 준 친부모일까 하는 의문이 스쳤지만 곧바로 바보 같은 생각이란 걸 알았다. 그게 무슨 상관이람. 우린 가족인걸.

이제 내 차례였다.

"어제 이상한 걸 봤어. 앤 아주머니와 엄마가 키스를 했어. 아빠가 옆에 있었는데도……. 아빠는 사람이 사람을 사랑하는 것은 모두 소중하고 아름다운 거라고 하

이명현

시는데…… 난 잘 모르겠어."

샘이 다가와서 나를 가만히 안아 주었다. 비에 젖은 옷 때문에 순간적으로 서늘했지만 이내 그의 품이 따뜻하다고 느꼈다.

"앤과 너희 엄마는 서로 사랑하고 있어. 너희 아빠와 앤도 서로 사랑하고 있지. 너희 엄마와 아빠도 서로 사랑하는 사이일 거야. 그리고 앤은 칼을 사랑해."

"언제 알았어?"

"열 살 때."

"너희 엄마가 칼을 사랑하는지, 너희 아빠가 칼을 사랑하는지는 잘 모르겠어. 하지만 그들이 서로를 각자의 방식대로 사랑하고 있는 건 틀림없어. 서로 이해하고 있는 것도 확실해. 사람이 사람을 사랑하는 것은 무엇보다 소중한 거야. 나는 그렇게 생각해."

"너는 어른들처럼 이야기하는구나."

"나도 잘 이해가 되지 않는 것이 많아. 하지만 내 생각에도 서로가 서로를 사랑하는 것은 아름다운 것 같아. 그리고…… 난 너를 사랑하게 된 것 같아."

샘과 나는 한참을 꼭 껴안고 있다가 자연스럽게 키스했다. 다른 의미에서 샘이 오빠처럼 느껴졌다. 서투른 첫 키스였지만 사람이 사람을 사랑한다는 것이 어떤 것인지 수줍게 경험한 순간이었다. 엄마와 아빠한테도, 앤과 칼에게도, 심지어 샘에게도 한 번도 이야기한 적 없지만 '사람이 사람을 사랑하는 아름다움'은 이때부터 '별 먼지'와 함께 내 삶의 버팀목이 되었다. 결국 앤과 함께한 (그리고 샘과 함께한) 첫 번째 페르세우스자리 유성우 관측은 이루어지지 않았다. 칼은 엄마와 아빠의 관측이 끝나는 날 큰 트럭에 짐을 잔뜩 싣고 나타났다. 엄마와 아빠와 앤과 칼과 샘과 나의 동거가 시작되었다.

*

나는 샘을 사랑했고, 나 스스로 샘의 여자 친구라고 소개하고 다녔다. 샘도 자신의 친구들에게 나를 여자 친구로 소개했다. 우리는 네덜란드의 북부 지역에 위치한 흐로닝언에 있는 오래된 큰 집에서 같이 살았다. 엄마와 아빠는 흐로닝언대학교 천문학과에서 일했다. 앤은 여행 드로잉 작가였다. 일 년에 다섯 달은 그림 그리는 여행을 다녔다. 칼은 목수였다. 나한테 칼 아저씨는 뭐든 뚝딱 잘 만드는 마법사 같은 존재였다.

이명현

우리는 네덜란드의 천문학자 캅테인이 살았던 집이 있는 삼층 건물을 통째로 빌렸다. 이 오래된 집을 엄마와 아빠 그리고 앤과 칼은 매일매일 조금씩 고치면서 살았다. 궁리는 주로 엄마가 했지만 만드는 것은 칼의 몫이었다. 모두들 여행을 좋아했다. 집을 지키는 것은 주로 칼이었다. 그는 멀리 여행을 다니기보다는 집 주변을 산책하기를 좋아했다. 한 공간에서 이루어지는 엄마와 아빠의 사랑, 앤과 엄마의 사랑, 앤과 아빠의 사랑, 칼과 엄마의 사랑이 어색하게 느껴지지 않게 될 때까지 시간이 좀 걸렸다. 칼과 아빠도 서로 사랑하는 사이였는지는 잘 모르겠다. 물어본 적은 없지만 그런 것 같기도 하다.

　내가 열두 살이 지날 무렵부터는 어른들의 대화에 껴서 토론을 할 수 있게 되었다. 그들이 허용해 줬다기보다는 어느덧 내가 그들의 그런 대화에 흥미가 생길 나이가 되었다는 것이 진실에 더 가까울 것이다. 샘은 오래전부터 어른들의 대화에 동참하고 있었다. 내가 처음 진지하게 어른들의 대화에 참여했을 때 샘은 전형적인 오빠처럼 거들먹거리며 이렇게 말했다.

　"너도 이제 비독점적 사랑, 다시 말하면 폴리아모리

에 대해서 우리와 이야기를 나눌 나이가 되었구나. 환영해! 동생."

어른들의 대화가 늘 즐겁고 흥미로운 것은 아니었다. 하지만 '비독점적 사랑'은 '별 먼지'와 '사람이 사람을 사랑하는 아름다움'으로 이어지는 내 삶의 등대 중 하나로 등록되었다. 그럼에도 불구하고 샘이 열여섯 살이 되었을 때 내게 한 말은 충격과 공포 그 자체였다.

"얀티나와 사랑에 빠졌어. 물론 난 너도 정말 정말 사랑해. 내게도 드디어 비독점적 사랑이 시작된 거야. 너는 당연히 이해해 주는 거지? 축하해 주는 거지?"

자존심 때문에 안 그런 척 했지만 나는 질투라는 감정의 늪에서 한동안 헤어나지 못했다. 자존감이 극도로 바닥을 칠 무렵 앤이 쓴 책이 나왔다. 긴 질투의 터널에서 나를 구제해 준 것이 바로 앤이 쓴 『생애 주기별 폴리아모리: 나의 삼사십 대 체험기』였다. 앤은 여행 드로잉 작가로 꽤나 알려져 있긴 했지만 이 책으로 단숨에 사람들의 입에 오르내렸다. 좋은 의미로든 나쁜 의미로든 말이다.

엄마와 아빠와 칼은 이 책에서 다른 이름으로 등장하지만 알 만한 사람들은 모두 다 이들의 정체를 알고 있

이명현

었다. 격려와 비난이 교차했지만 유독 한국에서의 여론
이 좋지 않았다. 나중에 들은 이야기지만 이 책을 통해
서 엄마와 아빠의 폴리아모리 행위가 그들의 고향 나라
에서도 회자되었다고 한다. 엄마와 아빠가 일하기로 한
서울의 한 대학에서도 두 사람의 전파천문학자를 한꺼
번에 모시게 됐다고 좋아했던 것은 잊고 결정을 번복했
다. 네덜란드를 비롯한 몇몇 나라에서 일부일처제가 폐
지되고 폴리아모리 또는 이와 비슷한 생활 공동체가 새
로운 가족 형태로 각광받고 있었지만 당시의 한국은 여
전히 일부일처제를 고수하고 있었다.

  나는 그 책을 읽으면서 엄마와 아빠와 앤과 칼이 마
냥 행복하고 즐거웠던 건 아니라는 걸 알게 됐다. 그들
은 사랑하는 사람을 사랑하기 위해서 많은 것들을 포기
했고 주변의 비난을 감수해야 했다. 또 서로 온전한 이
해에 이르는 시간까지 크고 작은 충돌이 있었다는 것도
알았다. 나는 그들을 더 잘 이해할 수 있게 되었다.

  샘이 열일곱 살이 되었을 때, 그러니까 내가 열다섯
이 되었을 때 나는 샘에게 이렇게 말했다.

  "마르크를 사랑하게 됐어. 축하해 줘! 넌 날 온전히
이해하고 존중해 줄 거지? 난 널 어느 때보다도 정말 정

말 사랑해."

나도 나한테 놀랐다. 샘은 진심으로 기뻐했고 샘과 나의 비독점적 사랑도 궤도에 올랐다.

샘이 열여덟 살이 되었을 때 나는 그와 첫 번째 이별을 했다. 샘은 한국으로 유학을 떠났다. 역사학을 공부하고 싶어 했다. 유럽이나 미국이 아닌 새로운 관점에서 역사를 바라보고 싶다는 것이 그 이유였다. 한 해를 넘기고 여름 방학을 맞아 나도 한국으로 갔다. 샘이 다니고 있는 학교에서 여름학교를 다니기로 한 것이다. 엄마와 아빠의 고향이지만 한 번도 가 본 적이 없었다.

샘이 다니던 학교는 마침 엄마와 아빠가 교수로 가려고 했던 곳이기도 했다. 학교 안 작은 언덕 위에 전파망원경이 있었다. 엄마와 아빠의 연구 터전이 될 뻔했던 전파천문대가 그곳에 있었다. 샘과 나는 8월 12일 페르세우스자리 유성우를 학교 안에 있는 전파망원경 아래에서 맞이하기로 했다. 샘이 한국에서 만나고 있는 여자애와 함께 말이다. 그 아이와 폴리아모리 이야기가 잘되었는지 모르겠다는 생각이 들었지만 묻지는 않았다.

한국의 여름은 무더웠다. 땅에서 열기가 올라왔다. 습도가 높아서 불쾌했다. 비가 내려도 시원해지지 않았다. 그래도 8월 12일 자정 무렵에는 깨끗한 밤하늘이 열릴 것이라는 일기 예보가 있었다. 다른 해보다 더 많은 별똥별을 볼 수 있을 것으로 예상되어서 사람들의 기대가 한껏 올라가 있었다. 더구나 달이 없는 밤이었다. 서울 한복판이지만 전파망원경 아래서 멋진 유성우를 기대할 만했다.

"어떤 소원을 빌 거야?"

습기 방지용 깔개를 전파망원경 아래 잔디밭에 깔면서 샘이 물었다.

"난 더 이상 소원은 빌지 않아. 그리운 사람들의 이름을 불러. 엄마, 아빠, 앤, 칼, 그리고 옆에 있지만 네 이름도 부를 거야."

말을 하는데 화구(火球)가 하나 날았다. 거의 하늘을 반쪽으로 가르는 보기 드문 화구였다. 청남색에 가까운 보라색이었다. 소리도 요란하게 났다. 냄새도 났다고 말하려고 했지만 늘 그건 내 환상인 것 같아서 입 밖에 내뱉지는 않았다. 화구가 날아가는 것과 거의 동시에 샘의 휴대폰이 울렸다. 칼이 위중하다는 연락이었다. 우리는 바로 공항으로 달려갔다.

*

　칼이 쓰러진 것은 우리 집 일층이었다. 오래된 타일 조각을 교체하던 중이었다. 급성심근경색이었다. 집에는 아무도 없었고 칼은 쓸쓸하게 혼자 죽어갔다. 칼은 매년 마지막 날 유서를 쓰는 버릇이 있었다. 새해 아침에 눈을 뜨면 자신이 하루 전날 쓴 유서를 뜯지도 않고 찢어 버리곤 했다. 나는 늘 칼이 그 유서에 어떤 내용을 썼을까 궁금했었다. 앤이 칼의 유서를 개봉했다.

　　나는 사라진다 저 광활한 우주 속으로*

　뜻밖에도 유서의 첫 문장은 영어가 아닌 한국어로 쓰여 있었다. 그러고는 영어로 쓴 짧은 유서가 이어졌다.

　　사랑하는 한국 친구들이 알려 준 이 멋진 시와 함께 제 삶을 마감하려고 합니다. 나는 이미 이 시를 통해서 우주로 돌아갔습니다. 나의 유전자 정보 그리고 의식과

---

*　박정만 시인의 「종시(終詩)」 전문

　　　　　　　　　　　　　　　　　　　　　　이명현

기억 정보를 양자 얽힘 우주 여행을 위한 아카이브에 등록하지 말아 주시기 바랍니다. 저는 이 지구에서 즐거웠습니다. 그만 '나'를 놓아주려고 합니다. 제 여행은 여기서 끝났습니다. 퇴비화 장례를 치러 주시면 고맙겠습니다. 모두들 사랑합니다. 특히 앤에게 큰 빚을 졌습니다. 사랑해, 앤. 당신은 나의 거의 모든 것이었어. 이 시를 알려 준 한국 친구들 그리고 사랑스러운 당신들의 딸, 사랑해요. 그리고 샘, 사랑해. 행복하길 바라. 안녕.

유언대로 칼의 시신은 열흘 동안 나무 조각으로 가득 찬 용기 안에서 미생물의 도움을 받아 완전히 분해되는 과정을 거쳤다. 이렇게 만들어진 인간 퇴비는 칼이 미리 지정해 둔 단체에 기증했다. 우리는 모두 칼이 만든 탁자에 둘러앉아 있었다. 침묵이 이어졌다.

"칼다운 결정이야. 실재를 확신했잖아. 재구성된 자신은 칼에겐 큰 의미가 없었을 거야. 그건 칼이 아니니까."

앤이 침묵을 깨고 말했다. 죽음 판정이 난 직후 냉동시키는 냉동 인간 방식의 인기가 시들해지면서 여러 가지 인간 아카이빙 방식이 새롭게 시도되고 있었다. 당시 연구가 가장 활발하게 진행되고 있는 분야 중 하나가 한 사람의 유전자 정보와 어느 시점까지의 기억과 의식 정보로부터 핵심 정보를 추출하고 압축하는 기술이었다. 이를 바탕으로 필요에 따라서 자기 조직적으로 의식을 재구성하고 확장해 나갈 수 있는 알고리즘 개발이 한창이었다. 여러 사람의 알고리즘 엔진을 섞어서 하나의 알고리즘으로 구축하는 연구도 상당히 진척된 상황이었다. 엄마와 아빠와 앤은 자신이 죽으면 이런 방식의 인간 아카이빙에 등록하겠다는 입장이었다. 생물학적으로 못다 본 세상을 좀 더 보고 싶다는 것이 그들의 공통적인 의견이자 기대였다.

유전자와 의식 정보를 압축해서 데이터화하는 연구가 진행되는 한편 이들 정보를 실제 생체 조직이나 금속 물질과 융합해서 자기 조직화가 가능한 살아 있는 생체 로봇을 만드는 연구도 상당한 진전을 이루고 있었다. 엄마와 아빠는 죽으면 이런 방식으로 아카이빙 되고 싶다는 생각을 갖고 있었다. 앤 아주머니도 그렇게 하고 싶어 했다. 엄마와 아빠는 궁극적으로는 아카이빙 된 자신들의 데이터가 우주 여행을 해서 다른 행성에

이명현

가는 것이 목표라고 말하곤 했다.

　사실 칼이 죽기 얼마 전에 엄마와 아빠는 직장을 미국으로 옮기기로 결정한 상태였다. 전파천문학자인 엄마와 아빠는 전파망원경을 사용해서 외계 지적 생명체의 인공 전파 신호를 포착하는 외계 지적 생명체 탐색(Search for Extra-Terrestrial Intelligence; SETI) 프로젝트에 오래전부터 참여하고 있었다. 엄마와 아빠는 그동안의 외계 지적 생명체 관련 연구 업적을 인정받아서 세티연구소로부터 초청을 받은 것이었다. 특히 우주 돛대가 도달할 센타우르스자리 알파별 시스템의 외계 행성에서의 효과적인 활동에 대한 구체적인 실행 계획을 담은 보고서가 학계의 인정을 받아서다.

　우주 돛대의 핵심이 될 송수신 장치와 카메라를 장착한 핵심 칩에 자기 조직화가 가능한 유전자와 의식 정보를 압축한 생체 로봇을 결합하는 아이디어는 학계뿐 아니라 일반인들의 상상력을 자극하면서 큰 지지를 얻고 있었다. 여러 곳에서 산발적으로 진행 중인 우주 돛대 프로젝트를 하나로 묶어서 단일한 거대 프로젝트로 만드는 것이 엄마와 아빠에게 주어진 첫 번째 임무였다.

이미 수십 년 전에 천문학자 칼 세이건은 태양에서 나오는 복사압을 동력으로 하는 우주 여행을 제안했다. 가볍고 반사를 잘하는 재질로 우주 돛대를 만들어서 우주를 여행하자는 것이었다. 태양 빛이 우주 돛대에 반사되면서 그 압력으로 가속하는 원리인데, 태양계 외곽에 이르면 우주 돛대는 빛의 속도의 몇 분의 일 정도에 이를 수 있다. 칼 세이건의 꿈은 그가 죽은 후에 아내였던 앤 드루얀의 꿈으로 이어졌다. 태양계 외곽에 이르렀을 때 빛의 속도의 20퍼센트 정도로 가속되도록 만들겠다는 목표를 세웠는데, 이런 과정을 거치면 우주 돛대는 태양계에서 제일 가까운 다른 행성계인 센타우르스자리 알파별까지 약 20년 만에 도달할 수 있다. 물론 사람을 태우고 갈 수 있는 것은 아니다.

본격적인 대형 우주 돛대 프로젝트인 스타샷 프로젝트는 준비 기간 20년에 우주 항해 기간 20년 그리고 그곳의 사진을 찍어서 지구로 송신하는 데 걸리는 4년을 합쳐서 거의 50년이 걸릴 프로젝트다. 물론 모든 것이 순조롭게 진행된다는 가정하에서 말이다. 공교롭게도 이 프로젝트가 발표된 후 얼마 지나지 않아 센타우르스자리 행성계에서 프록시마 행성들이 발견됐다. 가장 큰

이명현

관심의 대상은 가장 나중에 발견된 프록시마 f였다. 질량과 크기가 모두 지구와 거의 같아서 생명체가 살 것이라는 기대를 받고 있는 외계 행성이었다.

우리는 캘리포니아 주립대학교 버클리 캠퍼스 안에 있는 삼층집에 자리를 잡았다. 칼의 손길이 그리웠지만 학교에서 제공해 준 시설인 만큼 신경 쓸 일은 별로 없어 보였다. 엄마와 아빠는 세티연구소의 우주 돛대 프로젝트 공동 책임자로 활동하면서 버클리대학교의 천문학과에서 학생들을 가르쳤다. 앤은 엄마의 제안으로 우주 돛대 프로젝트의 과학 이미지를 그리는 아티스트로 참여하기로 했다. 나는 전학 간 고등학교에서 새로운 친구들을 사귀었고 다음해에 버클리대학교 물리학과에 입학했다. 나는 우주 생물학과 양자 역학을 특히 좋아했고, 양자 얽힘 현상을 다양한 실제 상황에 적용할 수 있도록 수치적인 모델을 만드는 연구로 박사 학위를 받았다. 엄마와 아빠처럼 학문의 세계로 들어선 건 너무나 기쁜 일이었다.

엄마와 아빠와 나는 더 전문적인 대화를 나눌 수 있게 되었다. 두 사람의 작업은 모든 일이 그렇듯이 잘 되기도 하고 잘 되지 않기도 했다. 우주 돛대 프로젝트를 총괄할 새로운 연합 조직이 생겼다. 엄마와 아빠를 비롯한 이 분야의 명망가들이 공동 대표를 맡았다. 엄마와 아빠는 말하자면 실무 책임을 지는 공동 대표였다. 앤 드루얀이 이 단체를 만드는 데 큰 힘을 보탰다. 돈 많은 재력가들로부터 예산을 확보해 그들에게는 우주 진출의 꿈을 꾸게 했다.

통합 연구소의 이름이자 프로젝트의 이름이 정해졌다. '우주적 비독점적 사랑' 또는 '우주에 비독점적 사랑을!' 정도의 의미를 갖는 '폴리아모리 유니베르스타'였다. 우주 여행은 평화로워야 하며 우리가 방문할 다른 외계 행성에서도 이런 태도는 견지되어야 한다는 데 거의 모든 사람들이 동의한 결과가 응축된 이름이었다. 지금은 상식이 되었지만 폴리아모리 즉 비독점적 사랑은 불과 십 수 년 전만 하더라도 상상하기 어려운 금기였다.

*

달 뒷면에 위치한 폴리아모리 유니베르스타 장비 제작 공장에서 엄마는 기자 회견을 했다. 위성 중계를 통

이명현

해서 흘러나오는 엄마의 목소리는 그 어느 때보다도 떨렸다. 폴리아모리 유니베르스타 프로젝트가 시작된 지 20년 만에 발사 준비가 끝나가고 있었다. 엄마도 이젠 칠십 즈음의 할머니가 되었다.

달 뒷면 페르미 지역에 건설 중인 레이저 발사 시설이 완성되면 프록시마 f 행성을 향해 3천 개의 우주 돛대가 발사될 예정이었다. 그리고 두 달 뒤, 폴리아모리 유니베르스타 달 센터에 엄청난 인파가 몰려들었다.

"우리는 프록시마 f로 갑니다. 5, 4, 3, 2, 1, 발사!"

엄마의 말이 끝나자마자 모든 레이저 안테나가 미리 띄워 놓은 3천 개의 우주 돛대를 향해서 동시에 레이저를 쏘아 올렸다. 우주 돛대는 복사압을 받으며 서서히 움직였다. 20년 동안의 긴 우주 항해가 시작되는 순간이었다.

나와 엄마는 버클리 근처 오클랜드 힐에 누워서 페르세우스자리 유성우를 즐기고 있었다. 아빠가 죽고 맞이하는 첫 번째 유성우였다. 아빠의 유전자 정보와 기억 그리고 의식 정보는 핵심 정보 필터링을 거쳐서 압축한 후 아카이빙을 해 뒀다. 매년 페르세우스자리 유성우

때마다 아빠를 호출하기로 했다. 자기 의식 조직화가 가능한 아빠의 아카이빙 정보는 진짜 아빠 같았다. 아빠는 자신이 재구성된 자기 조직화 의식이라는 사실을 누구보다 더 잘 알고 있었다.

"아빠라고 불러도 돼. 다른 이름으로 불러도 좋고. 그게 중요한 건 아니잖아. 지금 이렇게 너를 만나고 있다는 게 포인트인 거지."

아빠의 재구성된 의식은 늘 이런 말로 대화를 시작했다. 우리는 기억을 공유했고 그것을 공유한다는 인식을 공유했다.

실제로 10년 동안 3만 개가 넘는 우주 돛대가 프록시마 f로 보내졌다. 매번 조금씩 향상된 장비들이 장착되었다. 어떤 결과라도 보려면 최소한 30년은 기다려야 하는데 그 시간은 사람들에겐 너무 먼 미래의 일이었다. 폴리아모리 유니베르스타 프로젝트는 서서히 사람들의 관심에서 벗어났다.

엄마는 프록시마 f로부터 오는 사진을 직접 보지 못하고 죽었다. 나는 엄마의 정보도 아카이빙 했다. 엄마와 아빠의 유언대로 두 사람이 모두 죽은 시점에서 각자의 정보를 하나로 합쳐서 단일한 정보 아카이브를 만

이명현

들기로 했다. 정보를 실제 생체 조직과 금속 물질과 융합해서 자기 조직화가 가능한 살아 있는 생체 로봇을 만드는 것도 이제 가능해졌다.

"엄마, 준비 됐지?"

"응."

"아빠는?"

"응."

두 사람의 유전자 정보와 기억 및 의식 정보가 하나의 알고리즘으로 융합되었다. 이제는 엄마도 아빠도 아닌 '엄마아빠'라고 불러야겠다.

엄마가 떠난 자리를 결국 내가 이어받았다. 폴리아모리 유니베르스타 시즌 2 프로젝트가 '양자 얽힘 활용 정보 이동을 통한 우주 여행'으로 주제를 잡으면서 나는 자연스럽게 이 프로젝트에 참여하게 되었다. 엄마와 아빠의 후광이 컸던 것은 부인할 수 없는 사실이지만 나의 전문성이 모두에게 인정받은 결과 내가 이 프로젝트의 책임자가 되었다. 엄마와 아빠와 일하던 사람들은 거의 모두 죽었고 사실 그들을 기억하는 사람도 많지 않았다.

폴리아모리 유니베르스타 프로젝트는 순항하는 것

처럼 보였다. 모든 것이 성공적으로 진행된다면 프록시마 f에 살고 있는(살고 있을지도 모르는) 외계 지적 생명체는 지구인이 보낸 우주 돛대가 자신들의 행성으로 떨어지는 장면을 목격할 수 있을 것이다. 3만 대의 우주 돛대는 2, 30년의 우주 항해를 거쳐서 센타우르스자리 알파별 시스템에 도달하도록 설계되었다. 가는 도중에 많은 우주 돛대가 이런저런 이유로 이탈할 것이다. 센타우르스자리 알파별 시스템에 진입하면 남은 우주 돛대가 서로 송수신을 하면서 하나의 네트워크 컴퓨터 시스템처럼 작동할 것이다. 사진을 찍어서 일부는 지구로 송신하는 한편 자체 분석을 통해서 궤도를 프록시마 f를 비롯한 다른 행성들 쪽으로 수정할 것이다. 행성에 접근하는 동안 사진을 지구로 전송하고 행성에 접근해서는 편대 비행을 하면서 행성 주위를 인공위성처럼 여러 바퀴 돌다가 일제히 행성 대기로 자유 낙하할 것이다. 이 우주 돛대들은 자신을 태우면서 프록시마 f를 비롯한 센타우르스자리 알파별 시스템 행성들의 근접 사진을 전송할 것이다.

"상상이 현실이 되는 순간입니다! 폴리아모리 유니

이명현

베르스타에서 보내온 첫 번째 사진⋯⋯."

나는 이 순간을 결코 잊을 수가 없다. 내가 이런 발표를 하게 되다니. 그 뒤로도 몇 년 동안 사진이 전송되어왔다. 태양계에는 존재하지 않는 '뜨거운 목성' 계열의 새로운 행성도 발견되었다. 궤도를 확인한 후 프록시마 g라는 이름을 붙였다. 행성으로 보이는 또 다른 천체가 발견되었다. 아직 확신하기는 힘들지만 지구로 계속 들어오고 있는 사진들은 센타우르스자리 알파별 시스템이 태양계와 비슷한 점이 꽤 많은 행성계라는 사실을 말해 주고 있었다. 그리고 드디어 프록시마 f 행성의 근접 사진이 도착했다.

"바다가 보이고 육지도 있습니다. 구름이 보이네요. 예상대로 지구와 크기가 거의 같아 보입니다. 여러 장의 사진을 종합해서 분석한 결과 지구와 비슷한 자전축의 각도를 갖고 있는 것으로 확인되었습니다. 계절이 있다는 얘기예요! 흥분되는데요. 자전 주기는 11시간 정도로 추정됩니다. 하루가 바쁘겠군요. 달도 두 개가 확인됐어요. 조금 작아 보입니다. 주로 센타우르스자리 프록시마 별을 석 달에 한 번씩 공전하는 것 같습니다. 물론 다른 두 별의 영향을 받아서 공전 궤도가 복잡할 거예요. 낮에 세 개의 태양이 뜨는 세상, 생각해 보셨나요? 프록시마 f에는 외계 지적 생명체가 살고 있을까요? 우리가 보낸 우주 돛대를 목격했을까요? 응답하라! 고 외치고 싶습니다."

센타우르스자리 알파별 시스템에서 지구로 사진이 전송되기 시작하면서 폴리아모리 유니베르스타 프로젝트에 대한 관심이 되살아났다.

"이번 결과를 계기로 프록시마 f를 향해서 정기적으로 전파 메시지를 보내기로 했습니다. 이 행성으로부터 오는 전파 신호도 정기적으로 모니터링 할 예정입니다. 모든 가능한 방법을 활용해서 프록시마 f에 외계 지적 생명체가 있는지 확인하겠습니다."

프록시마 f 행성에 살고 있는 외계 지적 생명체는 폴리아모리 유니베르스타의 우주 돛대가 프록시마 f의 대기로 자유 낙하하는 장면을 보면서 어떤 생각을 했을까.

나는 엄마와 아빠가 읽어 줬던 칼 세이건의 『코스믹 커넥션』의 한 구절을 마음에 담아 두고 있다.

센타우르스자리 알파별에서 큰곰자리는 지구에서 보는 것과 똑같아 보인다. 다른 별자리도 거의 모두 비슷

이명현

하게 변화가 없다. 그러나 놀라운 예외가 하나 있으니, 카시오페아자리다. 안드로메다의 어머니이자 페르세우스의 장모인 고대 왕국의 여왕 카시오페아는 주로 하늘이 어느 쪽으로 도느냐에 따라 W 또는 M으로 배열되는 다섯 별로 이루어져 있다. 그러나 센타우르스자리 알파별에서 보면 이 M에 별이 하나 더 보인다. 카시오페아자리에 불쑥 나타나는 이 여섯 번째 별은 나머지 다섯보다 훨씬 밝다. 이 별이 바로 우리 태양이다.[*]

늘 센타우르스자리 알파별 시스템에 있는 어느 행성에서 태양을 바라보는 상상을 하곤 했다. 전송되어 온 사진이 일반인들에게 공개되면서 관심이 고조되자 나는 카시오페아자리 인공 유성우를 만들자고 제안했다. 페르세우스자리 유성우가 있는 8월 12일에 카시오페아자리에 태양을 상징하는 인공별을 띄우고 인공 유성우 쇼를 펼치자는 것이었다. 사실 폴리아모리 유니베르스타의 우주 돛대가 프록시마 f 행성으로 진입할 때 그곳

[*] 『코스믹 커넥션』(제롬 에인절 기획, 김지선 옮김, 사이언스북스, 2018) 56쪽에서 가져왔다.

하늘의 카시오페아자리에 떠 있을 태양을 향하게 설계
한 것이다. 나는 그것이 태양계로부터 날아온 물체라는
것을 그곳 생명체들에게 알려 주고 싶었다. 태양계의
세 번째 행성 지구로부터 날아왔다는 것을 알아내는 것
은 물론 그들의 몫이다. 카시오페아자리 인공 유성우의
인공 별똥별들도 가상의 태양 쪽 방향으로 떨어지도록
연출했다. 프록시마 f 행성의 지적 생명체가 목격했을
장관을 지구에서 연출해 보자는 것이었다. 사람들의 반
응은 뜨거웠다. 그 뒤로 매년 페르세우스 유성우가 있
는 8월 12일에는 카시오페아자리 인공 유성우 쇼도 함
께 열렸다.

*

8월 12일 자정이 되자 인공 태양이 카시오페아자리
에 떠올랐다. 페르세우스자리 유성우의 별똥별들이 여
전히 떨어지고 있었지만, 3천 개에 달하는 인공 별똥별
이 카시오페아자리의 태양을 향해서 한 시간 동안 떨어
지는 장관을 방해하지는 못했다. 하나씩 단 하나의 별
만을 가리키며 날아가다가 꺼지는 인공 별똥별들의 개

이명현

수가 기하급수적으로 늘어나자, 그 광경을 보고 있는 사람들의 마음도 가속되기 시작했다. 감정이 고조되어 도저히 감당하기 힘들 정도로 사람들의 마음이 흔들리는 그 순간, 수십 개의 우주 돛대를 모아서 만든 하나의 인공 화구를 인공 태양을 향해 날리면서 카시오페아자리 인공 유성우의 피날레를 장식했다.

"프록시마 f 행성에서도 저렇게 보이겠지? 가고 싶다."

엄마아빠가 말했다.

"내가 꼭 엄마아빠를 그곳으로 보내 줄 거야. 약속할게."

엄마아빠의 재구성된 의식은 잠시 정보를 전이한 내 몸을 떠나서 정보 필터링과 압축 과정을 위해 네트워크 컴퓨터로 들어갔다. 잠정 멈춤 상태가 된 것이다.

나는 다시 혼자가 되었다. 자정을 넘겼지만 페르세우스자리 유성우는 여전히 진행 중이었다. 그 시각 샘에게서 연락이 왔다.

"여기 난리가 났어. 센타우르스자리에서 유성우가 나왔어. 조금 전에 말이야. 나 지금 호주야."

몇 년 만에 느닷없이 이 새벽에 샘이 둘만의 개인 채

널망을 통해서 긴급하게 연락해 왔다.

"카시오페아자리 인공 유성우를 흉내 낸 것 같아."

나는 도시와 도시를 연결하는 인터시티 로켓을 타고 바로 호주로 날아갔다. 엄마아빠와 페르세우스자리 유성우와 카시오페아자리 인공 유성우를 즐기느라 연결망을 끊어 놓은 사이에 폴리아모리 유니베르스타 본부에서도 이 문제와 관련해 여러 건의 메시지가 와 있었다.

"인공물로 추정되는 물체 수천 개가 며칠 전부터 인공위성처럼 지구 궤도를 돌고 있습니다. 그중 몇 개가 어젯밤에 지구로 진입했습니다. 개수는 많지 않습니다. 작은 유성우 정도의 규모입니다. 언제라도 나머지 인공물들이 지구 대기로 진입할 것으로 보입니다."

폴리아모리 유니베르스타 프로젝트 호주 스테이션이 있는 호주의 파크스 전파천문대에 미리 와 있던 연구원들이 자세한 브리핑을 했다. 지구 궤도를 뭉쳐서 돌고 있는 인공물을 확인하기 위해서 유인 우주선 두 대가 급하게 발사되었다. 많은 사람들이 각자 다른 이유로 바빠졌다. 아직 분명한 것은 없었고, 여러 가능성을 놓고 회의가 이어졌다. 그리고 밤이 찾아왔다.

나는 여러 대의 모니터를 연결해 두고 긴급 연락망을

총동원한 상태에서 밤하늘을 주시하고 있었다. 내가 머물고 있는 파크스 전파천문대는 사람들의 출입과 네트워크가 철저하게 통제되고 있었다. 새벽이 되도록 별다른 변화는 없었다. 유인 우주선은 그 사이에 지구 궤도권에 진입했다. 최대한 거리와 속도를 지구를 돌고 있는 인공물에 맞추면서 탐색했다. 몇 센티미터 정도 크기의 칩 수천 개가 서로 송수신하면서 뭉쳐서 돌고 있는 것으로 파악되었다. 우리가 프록시마 f로 보낸 우주 돛대 시스템과 원칙적으로는 같은 구조였다. 안정된 궤도로 지구 궤도를 돌고 있기 때문에 궤도를 이탈하는 몇몇 인공물이 지구 대기로 들어올 가능성은 있지만 당장 유성우처럼 쏟아질 조짐은 보이지 않았다. 다만 공전 궤도의 고도가 점점 낮아지는 점은 진입을 준비하고 있다는 합리적인 추정을 할 수 있는 빌미를 주었다.

본 궤도에서 수백 개의 인공물이 이탈해서 작은 무리를 이루며 돌기 시작했다. 온갖 추측이 쏟아졌지만 그동안 카시오페아자리 인공 유성우를 경험해 온 사람들은 프록시마 f 행성에서 답장을 보내온 것이라고 믿으며 그들이 전해 줄 메시지만 기다리고 있었다. 자신들이 센타우르스자리 인공 유성우를 기획했다고 발표하는 집단들도 나타났다. 혼란스러운 상황이긴 했지만 태양계 내 외계 생명체의 발견과 프록시마 f의 사진을 이미 경험한 사람들은 오히려 침착하게 향연을 즐길 준비를 하는 것 같았다.

하루가 더 지났다. 맑은 날씨. 남반구의 은하수는 하늘을 가로지르며 장관을 이루고 있었다. 해가 지고 어둠이 밤하늘을 충분히 장악했을 무렵이었다. 수백 개의 인공물이 지구 대기로 진입을 시도했다. 센타우르스자리 알파별 시스템에 속한 별 중 하나인 프록시마가 있는 위치에 인공 프록시마가 떠 있었다. 11등급의 어두운 별인 프록시마가 있는 자리에는 밝은 인공별이 떴다. 은하수 한가운데 떠 있는 인공 프록시마는 홀로 빛나는 프리마돈나 같았다. 은하수를 타고 별똥별이 하나씩 흐르기 시작했다.

인공 프록시마를 향해 꼬리를 휘날리며 별똥별들이 떨어지기 시작했다. 처음에는 천천히 하나둘씩 떨어졌다. 그러다 점점 간격을 줄이더니 동시다발적으로 불꽃놀이를 하듯 한꺼번에 떨어지고는 침묵했다. 은하수가 눈에 익을 무렵 별똥별이 다시 떨어지기 시작하더니 모두들 인공 프록시마를 향해 집요하게 날아갔다. 가끔씩

이명현

폭죽처럼 화구도 날았다. 잠깐의 고요를 뒤로 하고 다시 돌진하는 향연이 계속 이어졌다. 눈물이 났다.

나는 소리를 질렀다. 내가 작은 소녀였을 때 개기일식을 처음 보곤 나도 모르게 신음 소리와 괴성을 동시에 내질렀던 바로 그 느낌이 되살아났다. 센타우르스자리 인공 유성우는 천천히 떨어지는 긴 꼬리의 별똥별 몇 개를 끝으로 종료되었다. 은하수의 자태가 다시 사람들의 눈에 익을 무렵 인공 프록시마도 꺼졌다. 진짜 별똥별 하나가 무심하게 은하수를 가로질러 흘렀다. 나는 여전히 입을 벌린 채 울고 있었다.

"이런 날이 올 줄 알았어! 축하해, 우리 딸!"

엄마아빠가 옆에 있다는 사실도 잊고 있었다.

"엄마아빠! 엄마아빠!"

무슨 말을 해야 할지 몰랐다. 내 몸속으로 전이되어 들어와 있는 엄마아빠의 재구성된 의식과 내 자신이 한껏 고조된 감정을 공유하고 있었다. 우리는 한참 동안 침묵했다. 눈물을 거두고 나서야 샘도 옆에 있다는 사실을 알았다. 당연히 앤 아주머니도 와 있었다.

"앤, 샘, 오랜만이야. 정말 대단했지? 그들이 답장을 한 거야!"

엄마아빠는 흥분을 감추지 못하고 샘의 몸에 전이되어 있는 앤 아주머니의 재구성된 의식에 말하고 있었다.

"당신들의 꿈이 이루어진 거야. 축하해! 내 꿈이기도 했지. 이제 와서 하는 말이지만."

앤 아주머니가 담담하게 말을 이어갔다.

"나도 당신들을 따라서 프록시마 f로 가고 싶어. 샘과 함께. 지구는 볼 만큼 봤어. 동의한다면 당신들과 의식 합체도 하고 싶어."

"언제나 환영이지! 우리 같이 떠나자. 이참에 칼도 재구성해서 데리고 갈까?"

"안 그래도 긴급 재구성을 신청해서 칼에게 물어봤어. 칼은 여전히 실재주의자였어. 자기가 아닌 것은 별 의미가 없다 하더라고."

앤 아주머니의 유전자 정보와 기억 및 의식 정보가 엄마아빠의 아카이브에 합쳐졌다. 그들은 살아 있을 때 그들이 향유했던 비독점적 사랑 즉 폴리아모리의 우주 버전을 실천하려는 것 같았다. 이제 그들은 다채널을 유지하지만 하나의 알고리즘 속에서 작동하는 자기 조직화가 가능한 인식 재구성 공동체가 되었다.

"엄마아빠, 아니 이젠 '엄마아빠앤'이라고 불러야겠

이명현

네. 다시 인사할게. 기분은 어때요?"

"샘이야. 나도 같이 인사할게. 며칠 후에 나도 동참할 테니 여러분만의 공동체 느낌은 지금 마음껏 즐기세요."

샘의 느닷없는 말에 나는 어리둥절해서 물었다.

"무슨 말이야?"

"무슨 말이야?"

엄마아빠앤도 나와 똑같은 질문을 했다.

"오랫동안 생각했던 거야. 이런 날이 오면 모두와 함께 떠나고 싶었어. 칼이 같이 가지 않기로 한 게 아쉽기는 하지만 말이야. 너는 같이 안 갈 거지? 할 일이 아직 많이 남았잖아."

샘의 말에 적잖이 당황했지만, 나는 그냥 생각해 보겠다는 말만 했다.

*

다시 일 년이 흘러 8월 12일, 페르세우스자리 유성우의 날이다. 나는 샘과 함께 뉴멕시코주의 전파천문대를 찾았다. 내가 잉태되었던 바로 그 전파망원경 아래로 갔다. 자정이 다가오면서 페르세우스자리 유성우는 극대기를 향해서 내닫고 있었다. 이제는 더 이상 카시오페아자리 인공 유성우를 볼 수 없었다. 그동안 간과했던 프록시마 f로부터 날아온 인공 전파 신호 분석이 한창이었다. 의미 있는 분석 결과가 속속 발표되고 있었다. 폴리아모리 유니베르스타 프로젝트도 더욱 확장되었다. 시즌 2가 승인된 것이다. 이번에는 칩 속에 지구인들의 유전자 정보, 기억 및 의식 정보를 압축한 아카이브와 함께 자기 조직화가 가능하도록 설계된 생체 기반 나노 로봇을 담기로 했다. 엄마아빠앤의 정보도 이들의 생체 조직과 금속 물질과 결합해 칩에 심어 보내기로 했다. 올해는 일단 5천 개의 우주 돛대를 프록시마 f로 보내기로 했다. 엄마아빠앤도 보낼 생각이다. 아니 이제 곧 '엄마아빠앤샘'이라고 불러야겠지.

자정이 다가오면서 별똥별이 하나둘씩 속도를 내면서 떨어지기 시작했다. 엄마와 아빠가 그랬던 것처럼 샘과 나는 전파망원경 아래서 사랑을 나누기로 했다. 샘이 구해 온 마리화나를 같이 피웠다. 오랜만에 느껴보는 생물학적인 거친 느낌이 좋았다. 앤이 쓴『생애 주기별 섹스: 백 세 무렵』에 나오는 세련된 방식 대신 우

이명현

리는 클래식하게 더듬고 만지고 핥고 깨물고 빨고 삽입하는 섹스를 즐겼다. 그리고 샘과 나의 유전자를 섞은 존재를 하나 지구에 남겨 두기로 했다. 고전적인 방식대로 말이다. 이 작업을 위해서 나는 번거롭지만 인공자궁을 장착했다. 샘도 복잡한 절차를 거쳐서 말 그대로 클래식하게 사정할 수 있도록 성기를 재구성했다.

"사랑해."

"나도."

별똥별이 천천히 떨어지는 클래식한 지구에서 샘이 보내는 마지막 밤이었다. 다음 날 샘은 80세 이상에게 주어진 권리를 활용해 자살 신청을 했고, 즉시 허가가 나왔다. 규정에 따라서 자살 과정은 기계의 도움을 받아서 모두 샘 스스로 수행했다. 죽음이 확정된 직후 샘의 유전자 정보와 기억 및 의식은 핵심 필터링 과정과 압축 과정을 거쳐서 아카이빙 되었다. 시신은 샘의 뜻대로 퇴비로 만들어졌다.

"엄마아빠앤샘, 이제 떠날 시간이야."

"우리가 다시 재구성된 의식으로 실제 만날 확률은 거의 없겠지?"

"그래. 엄마아빠앤샘이 다른 것을 남기지 않고 모든

것을 하나로 합쳐서 유지하겠다고 선택했으니까. 지구를 떠나면 우리는 이별이야."

엄마아빠앤샘은 자신들의 모든 유사 버전을 폐기하기로 결정했다. 나는 지구에서 더 이상 이들과 만날 수 없다. 슬픈 일이지만 시작이 있으면 끝이 있는 법이니까 담담하게 받아들여야 한다.

엄마아빠앤샘의 정보와 생체 조직 그리고 금속 물질을 칩에 심는 작업은 내가 직접 실행했다.

"진짜 마지막이야. 즐거웠어. 사랑해."

누가 먼저랄 것 없이 동시에 이렇게 말했다. 내 몸속에 전이되어 들어와 있던 엄마아빠앤샘을 칩에 담았다. 양자 얽힘 현상을 활용한 수치 모델을 적용해 놓았다. 우주 돛대에 장착한 칩에 담겨 있다가 그들이 프록시마 f에 도착하면 신호를 보내올 것이다.

"엄마아빠앤샘, 프록시마 f에 도착했다는 신호를 받으면 양자 얽힘 측정을 내가 직접 할게."

폴리아모리 유니베르스타 프로젝트 시즌 2가 시작되었다. 칩 속에 각인된 그들은 내 말을 들을 수 없겠지만 나는 일부러 큰 소리로 외쳤다.

"안녕!"

　　　　　　　　　　　　　　　　　이명현

나는 지구에 남았다. 백 살을 넘긴 나이지만 생물학적인 문제는 없다. 얼마나 살 것인가를 결정할지 여부가 올바른 질문일 것이다. 칼이 늘 말하던 유한성에 대한 생각이 많아졌다. 어쩌면 내게도 죽음이라는 단어가 화두로 떠오르는지도 모른다. 왜 엄마아빠앤샘이 유일한 버전을 고집하면서 떠났는지 조금은 알 것 같다. 칼이 고집하던 실재에 대한 생각도 깊게 할 수 있는 세월을 나는 지나왔다. 하지만 아직은 내 생을 마감할 생각이 없다. 더 많은 것을 보고 싶고 더 많은 일을 하고 싶다. 이 글은 엄마와 아빠와 앤 아주머니와 칼 아저씨와의 이별사라고 할 것이다. 그리고 샘……. 한때 지구인으로 같이 사랑하며 지냈던 그들을 위한 나의 헌사라고도 할 수 있겠다.

　나는 샘 주니어와 함께 버클리에 있는 내 집으로 돌아간다. 엄마아빠앤샘이 프록시마 f에 도착했다는 신호를 보내올 때까지 일단 살아 볼 생각이다.

작가 노트 ──────────────── 이명현

네덜란드 흐로닝언대학교 천문학과에서 박사 학위를 받았다. '2009 세계 천문의 해' 한국 조직위원회 문화분과 위원장으로 활동했고 한국형 외계 지적 생명체 탐색(SETI KOREA) 프로젝트를 맡아서 진행했다. 현재 과학 저술가이자 과학 책방 '갈다'의 대표로 활동 중이다. 그동안 『빅히스토리 1: 세상은 어떻게 시작되었을까?』 『이명현의 별 헤는 밤』 『과학하고 앉아 있네 2: 이명현의 외계인과 UFO』 등을 펴냈다.

12,000년쯤 후가 되면 현재 북극성이 있는 자리에 직녀성이 위치하게 된다. 북극성은 2등성이고 직녀성은 1등성이다. 북극성이라는 이름에 걸맞지 않게 초라하게 희미한 빛을 뿜고 있는 현재의 북극성 대신 밤하늘에서 가장 밝게 빛나는 별 중 하나인 직녀성이 북극성으로 등극해서 빛나는 모습을 눈으로 직접 보고 싶다. 하지만 적어도 12,000년을 살아야 가능한 일이다. 그 시간만큼 오래 살고 싶다. 불가능한 일이다. 유한한 삶을 살 수밖에 없는 현재를 살고 있는 지적 능력을 갖고 있는 생명 현상 중 하나의 개체로서의 나는 정말

미래가 궁금하다. 지금 우리가 씨앗을 뿌린 작업들이 어떤 결말을 맞을 것인지 너무 궁금하다.

센타우르스자리 알파별 시스템을 향해서 우주 돛대를 보내려는 프로젝트가 몇 년 전에 시작됐다. 이제 막 시작하는 단계다. 여전히 상상과 바람의 영역이 과학을 압도하는 상황이다. 이 프로젝트가 순조롭게 진행된다고 하더라도 내가 살아 있어 그 결과를 목격할 수 있을지는 알 수 없다. 아마 힘들 것이다. 그래도 궁금하다. 픽션을 상정한 글쓰기는 이런 욕망을 속이면서 만족감과 기대감을 주는 역할을 한다. 속는 줄 알면서 상상하고 쓰고 웃는다. 이 글은 말하자면 그런 한 지적 생명체를 위한 환각제다. 외롭다. 기꺼이 같이 속아 주고 웃어 줄 독자가 필요한 시점이다.

떨리는 손

이은희

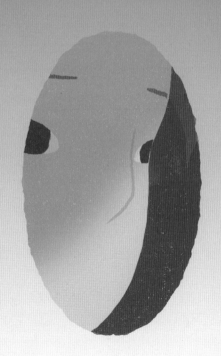

눈을 떴다. 졸음에 겨워 닫혀 있겠다고 군세게 주장
하는 눈꺼풀을 간신히 밀어 올려 실낱 같은 틈을 벌렸
다. 그 좁은 틈새로 수면등의 부드러운 노란빛과 함께
묵직한 통증이 밀려들었다. 요즘 들어 강력하게 지지하
는 가설인데, 내 경험에 의하면 아무래도 통증을 느끼
는 감각 세포는 눈꺼풀과 연결되어 있는 듯싶다. 그렇
지 않고서야 겨우 눈꺼풀을 살짝 밀어 올렸다고, 아까
부터 가슴께서 울리던 통증이 더욱 찌릿하게 목덜미를
타고 올라올 리가 없다. 그래서 오래된 영화 속에 등장
하는 환자 역할의 배우들은 두 눈을 질끈 감고 앓는 시
늉을 냈던 거였나.

다시 눈을 감았다. 하지만 한번 뇌에 인식되어 버린 통증은 이젠 눈꺼풀의 도움 없이도 독립적으로 존재를 주장하고 있었다. 순간, 다시 한번 가슴 쪽에서 뭉근하면서도 찌릿한 통증이 올라오더니 급기야 앞섶이 축축하게 젖어 들었다. 그새 젖이 새고 있었다. 이젠 정말 일어나야 한다.

할 수 있는 한 최대한 조심스럽게 몸을 옆으로 굴리며 일어났다. 잠결에도 내가 일어나는 걸 느꼈는지 옆에 누운 실버가 잠깐 몸을 뒤척였지만, 의식은 아직 꿈과 무의식의 세계 저편에 놓여 있는 듯 별다른 반응은 없었다. 희미한 불빛 아래 실버의 얼굴 윤곽은 흐릿해 보였다. 사람의 눈은 마음의 창이라고 했던가. 내 마음 속에서 실버의 존재감이 줄어드는 것과 비례해 내 눈에 비치는 신체의 잔상 역시도 흐릿해지고 있었다.

나는 실버의 머리카락을 바라보았다. 실버의 본명은 따로 있었지만, 누구도 그 이름을 부르는 것을 들어 본 적이 없었다. 실버는 실버였다. 나는 실버를 만날 때까지 세상에 은발이 그토록 잘 어울리는 사람이 있으리라고는 생각조차 해 본 적이 없었다. 은하수가 반짝이듯, 은비가 나리듯 부드럽고 풍성하게 물결치며 반짝이던

이은희

그 눈부신 머리칼에 대한 기억이 불현듯 떠올랐다.

'그래, 그땐 저 빛나는 은발처럼 내 인생도 계속 반짝일 줄로만 알았지.'

하지만 지금 내 곁에 누워 살짝 코를 고는 실버의 머리카락은 더 이상 빛나지 않았다. 사실 이젠 실버라는 이름조차 민망하게 느껴질 정도로 잿빛에 가까운 칙칙한 색으로 바래 있었다. 그게 내 눈의 착각인지, 아니면 진짜로 머리가 세어 버린 건지는 모르겠지만, 적어도 이젠 무슨 짓을 해도 예전처럼 은빛으로 반짝일 것 같지는 않았다. 하긴 우리 사이도 더 이상 장밋빛으로 빛나지 않으니 어쩌면 당연한 일일지도 모른다.

잠시 그러고 있는 사이 가슴에 느껴지는 압박감과 통증은 점점 더 심해졌다. 옷깃을 들춰 보니 내 시신경에 반응한 신경 세포들이 다시금 바삐 제 할일을 해 젖꼭지가 저릿하게 아려 오면서 달큰하고도 비릿한 젖내음이 확 풍겨 왔다. 이렇게 젖이 그득 찼을 때 물리면 좋을 텐데, 오늘따라 건너편 아기 침대는 너무도 조용했다. 살금살금 발끝으로 다가가 보니 아기는 곤하게 자고 있었다. 잠시 깨워서 젖을 물릴까도 했지만, 곧바로 생각을 지웠다. 지금 깨워서 젖을 물리면 배불리 먹고 기분

좋아진 아기가 놀아 달라 보챌 수도 있다. 그건 혹 떼려다 혹 붙이는 꼴이지. 게다가 얼마 전부터 아이가 밤에 통잠을 자도록 수면 교육을 시도하고 있는 중인데, 어렵게 잡아 놓은 수면 리듬을 깰 필요는 더더욱 없었다.

아기를 깨우는 대신 침대 옆에 놓인 유축기를 들고 발소리가 나지 않게 살금살금 걸어 옆방으로 갔다. 푹신한 에어소파에 몸을 묻은 뒤, 이제는 익숙한 손길로 유축기의 초음파.자극판과 멸균 플라스틱 팩을 가슴에 붙이고 전원을 켰다. 동작을 알리는 초록색 램프가 켜지고, 자극판이 가슴에 밀착해서 달라붙는 느낌이 들더니 곧이어 멸균팩 안으로 묽은 액체가 뚝뚝 떨어졌다. 그와 동시에 가슴이 터질 듯 죄어 오는 압박감이 조금 해소되면서 팽팽한 긴장감이 서서히 풀리기 시작했다.

처음에는 덜 잠근 수도꼭지처럼 뚝뚝 떨어지던 젖방울은 곧 여러 갈래의 젖줄기가 되어 쭉쭉 뿜어져 나왔다. 이제는 익숙한 광경이지만, 처음 보았을 땐 참 신기했다. 예전의 나는 사람의 젖꼭지도 젖병처럼 작은 구멍이 하나 뚫려 있어서 거기서 젖이 나온다고 생각했다. 그런데 막상 겪어 보니 사실 젖이 나오는 배출구는 젖꼭지마다 대여섯 개 이상이었고 위치와 각도도 제각

이은희

각이었다. 내 가슴은 유축기가 자극을 주는 대로 수축과 이완을 반복하며 세면대 수도꼭지보다는 욕조의 샤워기에 가까운 모양새로, 여러 갈래의 가느다란 젖줄기를 방사형으로 뿜어내고 있었다.

그 젖줄기를 바라보다가 무심코 고개를 든 나는 맞은편 거울에 언뜻 비친 형상에 소스라치게 놀라고 말았다. 거울 속에는 피곤과 잠에 절어 찌든 표정의 누군가가 놀란 눈으로 나를 보고 있었다. 나다. 하지만 나 같지가 않다. 아니 나라고 인정하고 싶지 않았다. 헝클어진 머리에 퉁퉁 불어 시퍼런 핏줄이 돋아난 가슴을 훤히 드러내고는, 결코 고상하다고는 할 수 없는 장치를 매단 채 젖소처럼 젖을 짜고 있는 사람이 나라는 건 차마 받아들이고 싶지 않았다.

그럼에도 난 거울에서 눈길을 뗄 수가 없었다. 마치 건드리지 말아야 한다는 건 알고 있지만 기어이 손을 대 피를 보고야 마는 손톱 옆 거스러미처럼, 보고 싶지 않지만 보지 않을 수가 없었다. 거울은 잔인했다. 거뭇거뭇하고 푸석한 피부, 늘어난 고무 인형처럼 탄력 없는 몸, 붉게 터진 가슴 위의 튼살. 거울에 비친 내 모습은 문자 그대로 한 마리의 포유동물, 그 이상도 이하도 아니었다.

내가 자기 연민을 넘어선 자기혐오에 빠져 있는 사이에도 기계는 제 할 일을 어김없이 해냈고, 두 개의 멸균 팩이 거의 다 차오르고 있었다. 난 유축기의 버튼을 껐다. 이걸 밀봉해서 냉장고에 넣어 두면, 적어도 두 번의 수유는 실버에게 미룰 수 있다는 사실 하나만 작은 위안이 될 뿐이었다.

*

"헤이즐, 헤이즐! 일어나 봐. 도대체 여기서 뭐 하고 있는 거야?"

신경질이 가득 섞인 새된 목소리가 귓가를 때렸다. 늘 어난 철 수세미같이 헝클어진 잿빛 머리의 실버가 아기를 안고 날 세차게 흔들고 있었다. 나도 모르게 깜빡 잠이 들었나 보다. 그새 아이는 깨어나 악을 쓰며 울고 있었다. 분홍빛의 통통한 뺨이 복숭아를 닮아 우리가 피치라는 별명을 붙여 준 아기는 지금은 토마토에 가까울 정도로 붉게 달아올라 악을 쓰듯 울어 젖히고 있었다.

"피치가 하도 울어 대서 깨어 보니 넌 없어졌고…….

이은희

얼마나 놀랐는지 알아?"

"미안, 젖이 차서 좀 짜고 있었어."

"어쨌든 피치 젖 좀 물려. 배가 고픈지 도무지 그치질
않아."

"아, 그래. 이리 줘. 그래그래, 우리 피치, 배고팠어
요?"

바닥에 놓인 에어소파에 파묻혀 있다시피 했던 나는
실버에게서 피치를 받아 안기 위해 몸을 일으켰다. 순
간 철퍼덕 하는 소리가 나며 젖빛 액체가 사방으로 튀
었다. 아, 아까 유축한 젖이 담긴 멸균팩을 분명 냉장고
에 넣었다고 생각했는데, 생각만 하다가 그대로 잠이
들어 버린 모양이었다. 팩은 여전히 유축기와 연결된
채 내 가슴에 붙어 있었고, 내가 갑자기 몸을 일으키자
유축기와 연결된 선이 당겨지면서 거기에 달려 있던 팩
이 그만 떨어지고 말았다. 이미 젖이 가득 차 무거워진
팩은 중력을 이기지 못하고 바닥으로 내팽개쳐지면서
내용물을 힘차게 뿜어냈다. 순식간에 사방은 희뿌연 얼
룩으로 뒤덮였다.

"이게 뭐야!"

두 팩이나 되는 젖이 터져 버린 결과는 끔찍했다. 게

다가 실버의 고함에 놀란 피치는 더더욱 악을 쓰며 자지러질 듯 울어 댔다.

"미안해, 미안해. 내가 아직 잠이 덜 깼나 봐."

난 어쩔 줄 몰라 피치를 안아 들지도 못하고, 옷도 추스르지 못한 채 어정쩡하게 서 있었다. 그런 나를 보며 실버가 짜증이 가득 섞인 목소리로 쏘아붙였다.

"됐고, 움직이지 마. 네가 움직이니까 더 엉망이 되잖아. 이건 내가 치울 테니까 넌 피치나 달래. 가뜩이나 정신없는데 애까지 울어 대니까 혼이 나갈 것 같아."

난 엉거주춤한 자세 그대로 실버의 품에서 피치를 건네받았다. 유축하려고 가슴을 드러낸 상태여서 내게 안기자마자 피치는 반사적으로 젖꼭지를 찾아 빨기 시작했다. 하지만 조금 전에 유축을 했기 때문인지 젖은 생각만큼 잘 나오지 않았다. 급기야 피치는 내 젖꼭지를 물어뜯었다. 제 배를 채우겠다고 어미 거미의 등줄기를 후벼 파서 먹어 치우는 새끼 거미처럼.

"아야! 피치, 그만! 아프단 말이야!"

나는 반사적으로 피치의 엉덩이를 꽉 쥐었다.

"으아앙!"

순간 피치는 울음을 터뜨렸고, 그 찰나를 틈타 잽싸

게 젖꼭지를 빼냈다. 아직 이가 나지 않은 피치의 분홍색 잇몸이 얼핏 날카롭게 빛나는 듯했다. 절단에 대한 본능적인 공포가 등줄기를 훑고 내려갔다.

"무슨 짓이야? 왜 애를 울려?"

끈적거리는 바닥을 닦고 있던 실버가 벌컥 화를 내며 일어나 내 손에서 피치를 빼앗아 갔다.

"일부러 그런 거 아냐. 애가 깨무니까 반사적으로 그런 거지."

미안해, 피치. 미안해, 내 아가.

"피치 이리 줘. 내가 먹일 테니까. 냉장고에 유축한 거 있지?"

"없어. 다 떨어져서 이 밤에 일어나 유축한 거라고."

"그럼 남은 게 하나도 없는데 그것마저 몽땅 엎어 버린 거야? 너 정말 피치를 생각하기라도 하는 거야?"

순간 화가 치밀었다. 가뜩이나 내 실수로 피치가 배를 곯게 되어서 미안해 죽겠는데, 그걸 콕 집어 말하다니! 그런 내 표정을 읽은 실버가 한층 누그러진 목소리로 말을 이었다.

"미안해. 진짜로 그렇게 생각하는 건 아니야. 피치가 갑자기 울어 대니 나도 당황해서 그만……."

이상하다. 한풀 꺾여 수그러드는 실버의 태도에 오히려 더 화가 나는 건 왜지?

"평소에 내 모습이 그렇게 못 미더웠나 봐? 그런 말을 아무렇지도 않게 하는 걸 보면?"

"그런 게 아니라니까. 내가 잘못했어. 그런 거 아냐."

"원래 사람이란 게 결정적인 순간에 속마음이 튀어나오는 법이지. 그렇게 안타깝고 못 미더우면, 네가 하든가!"

"뭐라고?"

"그렇게 안타까우면 네가 하라고. 젖 먹이는 건 원래 엄마 일이잖아!"

아차, 거기까진 하지 말았어야 했는데. 말을 내뱉은 순간, 내가 실수했다는 사실을 깨달았다. 하지만 이미 실버의 표정은 딱딱하게 굳은 뒤였다.

"그게 무슨 소리야? 원래 엄마 일이었다니?"

"아니, 그, 그게 말이야……."

실버는 말없이 아직 울음 끝이 남은 피치를 내게 넘기고 일어섰다. 난 기계적으로 피치를 받아 품에 안았다. 피치가 다시 한번 젖가슴을 파고들었다. 실버가 일어서자 내가 숨 쉴 공기마저도 실버를 따라 위쪽으로

이은희

올라가 버린 느낌이 들었다. 가슴이 답답했다.

"정말 꿈에도 모르고 있었네. 네가 생식근본주의자인 줄 말이지."

말을 저렇게 씹어 내뱉듯이 할 수도 있는 건지 미처 몰랐다.

"아니 그게 아니라……."

"그러니까 넌 사실은 생식근본주의자였는데, 그걸 숨기고 있었던 거야? 아님 요즘 들어 생각이 바뀐 거야?"

"아니야, 아니야. 원래부터 그랬던 것도 아니고 생각이 변한 것도 아니야. 그냥 실수야 그건. 그냥 순간적으로 욱해서 나온 말이라고. 너도 그랬잖아. 너도 실수했다고."

"네 말대로 이건 욱해서 나올 만한 성질의 것이 아니야. 결정적인 순간에 본심이 튕겨 나온 거지. 솔직히 너무 충격이야. 네가 생식근본주의자인 줄 알았다면 난 너랑 아이를 가질 생각은 결코 안 했을 테니까."

그렇게 말하고 실버는 방을 나가 버렸다. 그 뒷모습이 너무도 냉정해 차마 붙잡을 엄두조차 나지 않았다. 그렇게 난 여전히 헝클어지고 축축하게 젖은 상태로 칭얼대는 아기를 안은 채 방 안에 남겨졌다.

*

　나는 그녀의 마지막 말을 곱씹었다. 그녀의 말은, 적어도 정치적으로는 옳았다. 그녀가 아이를 낳았으니 내가 젖을 먹여 키워야 했다. 그게 현재 행성법에서 제시하는 우리 시대의 상식이었다. 물론 지난 20만 년간 호모 사피엔스 종의 신체는 크게 달라지지 않았다. 여전히 임신과 출산에 관여된 거의 모든 과정은 생물학적으로 여성의 신체가 짊어졌다. 월경, 임신, 출산. 똑같이 절반씩의 유전자를 남기는 대가치고는 지나치게 불공평했다. 하지만 그걸 딱히 조율할 방법은 없었다. 인공자궁 시스템이 연구되고 있기는 했지만, 아직까지는 조산아를 보호하기 위한 보조 장치였지 임신의 전 과정을 모두 대치하지는 못하고 있었다. 지나치게 한쪽으로 치우치면 필경 무너지기 마련이다. 그래서 만들어진 조직이 '인류의 안정적 존속을 위한 평등위원회', 가칭 인평위였다. 인평위는 인구의 절반이 넘는 이들의 전폭적인 지지를 받고 세력을 길러, '임신 출산 및 수유와 양육에 있어 부모 양쪽의 성별에 상관없이 부담을 공평하게 나

이은희

누는 법안'인 임성평등법을 통과시키는 데 성공했다.

임성평등법에서는 부모 중 한쪽이 임신과 출산을 전담했다면, 그 기간만큼 다른 쪽이 수유와 양육을 담당할 의무가 있음을 분명히 하고 있었다. 남성과 여성으로 한정하지 않은 이유는 드물지만 아빠 쪽에서 타인의 자궁을 기증받아 임신과 출산을 담당하고, 엄마 쪽이 일정 기간 수유와 양육을 담당하는 경우도 있기 때문이었다. 하지만 좀 더 보편적인 경우는 엄마 쪽이 임신과 출산을 전담하고, 그 기간만큼 아빠가 수유와 양육을 전담하는 쪽이었다. 남성에게는 자궁이 없기에 임신과 출산은 큰 부담이 되지만, 유선(乳腺)은 남아 있어서 유즙 분비 호르몬 주사만 맞으면 젖이 나오게 하는 건 어렵지 않았기 때문이다. 그건 동성 부부의 경우에도 마찬가지였다. 한쪽이 임신과 출산을 담당했다면, 다른 쪽이 수유와 양육을 담당한다는 것은 변함이 없었다. 입양의 경우는 수유와 양육을 공평하게 절반씩 맡았다.

그러니 이미 피치를 임신하고 출산한 실버는 내게 이 기간 동안 수유와 양육 책무를 다하도록 요구할 권리가 있다. 최소한도로 그녀가 피치를 임신했던 264일에, 월경 억제제를 끊고 겪었던 월경 한 번당 1주씩 3주를 더

해서 말이다. 이후에는 부모 양측의 협의에 따라 달라지지만 어쨌든 이 기간만큼은 명백히 내가 책임져야 했다. 그녀가 자발적으로 모유를 먹이겠다고 나서지 않는 한, 난 그녀에게 요구할 권리도, 그녀가 하지 않는다고 비난할 자격도 없었다. 게다가 모유를 먹이지 않고 주 양육자가 아닐 뿐, 그녀 역시도 기저귀를 갈아 주거나 아이를 어르고 재우는 등 보조 양육자의 역할은 수행하고 있으니 더더욱. 이미 충분히 의무를 수행했고, 추가로 보조하는 그녀에게 젖까지 먹이지 않는다고 쏘아 붙이다니. 내가 이토록 이기적이고 못된 인간이었나.

자괴감과 분노와 무력감이 온몸을 휘감았다. 임신했다는 실버의 말에 떨 듯이 기뻐했고, 입덧으로 괴로워하던 실버의 곁에서 등을 두드려 주며 같이 안타까워했던 다정한 나는 온데간데없이 사라졌다. 사랑하는 이를 만나 가정을 이루고 사람답게 살아가는 삶을 꿈꾸었던 남자는 막상 꿈을 이루고 난 뒤 삶을 잃었다. 아이러니하게도 사람답게 살아가는 것을 방해하는 데는 아기만 한 것도 없었다. 아기는 양육자의 휴식을 빼앗고, 잠을 토막 내고, 일상의 질서를 무너뜨리는 데 거침이 없었다. 휴식의 부재는 몸을 지치게 하고, 토막 난 잠은 생각

이은희

을 앗아갔다. 활기차고 다정했던 한 사람의 온전한 남성은 사라지고, 추레하게 망가지고 구겨지고 이기적인 인간 수컷만 남았다. 그러는 와중에도 아이는 여전히 울어 대고 있었다. 조금 잦아드나 싶던 울음소리는 자신을 안고 있는 아빠가 어르지도, 달래지도, 젖을 주지도 않자 점점 더 커지고 높아졌다. 아이의 울음소리는 무수한 가시가 돋친 듯 날카롭게 신경을 파고들었다. 양육자의 심사를 불편하게 만들어 자신을 돌봐 달라는 요구를 결국 관철시키고야 마는 어린 인간의 본능이 발톱을 세워 사납게 머릿속을 헤집었다.

"아, 그만큼 울었으면 됐잖아. 이제 그만 좀 해!"

나는 버럭 소리를 질렀다. 이 어린것에게 소리를 지르다니, 나도 갈 데까지 갔구나. 큰 소리에 잠시 움찔했던 아기는 이내 다시 울어 대기 시작했다.

"그만해, 그만해, 그만하라고!"

화가 났다. 끊임없이 뭔가를 요구하는 아기와 이 상황에 나만 던져 놓고 나가 버린 실버와 아이에게 묶여 버린 처지와 부성을 강요하는 사회 제도까지 모든 것에 화가 났다. 아이의 울음소리가 높아지고 짜증이 섞일수록 나의 억울함과 분노 역시 부풀어 올라 미쳐 버릴 것만 같았다. 아기의 울음소리를 멈추고 싶었다. 원래 나는 이런 사람이 아닌데, 다정하고 아이를 좋아하는 친절한 사람인데, 왜 바라던 대로 완벽한 가족을 이룬 지금 이토록 화가 나는가.

아기는 여전히 울어 댔다. 제발 제발, 저 울음소리만 그치게 할 수 있다면 좀 더 인간답게 생각할 수 있을 텐데. 저 날카로운 소리가 귀를 통해 뇌를 헤집는 것만 같아 아무것도 생각할 수 없었다. 생각이 사라진 뇌리를 분노가 채웠다. 무서웠다. 무서워졌다. 아기와 나, 단 둘만 남은 방 안. 울어 대는 아기, 분노로 떨리는 손. 아이를 안은 떨리는 손. 아기의 작은 몸을 잡고 있는 떨리는 손.

*

"흠, 결국 이번에도 시뮬레이션 시스템을 강제 종료할 수밖에 없게 되었군. 결국 또…….."

"도대체 뭐가 문제인 거지? 이 생명체들은?"

은은한 초록색 피부에 길고 섬세한 부속지를 가진 클로로는 멈춰 있는 화면을 보며 아쉬운 듯 말꼬리를 흐렸다.

"아무리 외계인이라지만, 정말로 이해할 수가 없어."

짙은 녹색 피부에 군데군데 갈색 반점이 있는 크산토가 푹신해 보이는 의자에 몸을 묻으며 혼잣말처럼 중얼거렸다. 반점이 있는 곳마다 욱신욱신 쑤시는 느낌이 들었다. 그의 기억은 먼 곳으로 더듬어 올라갔다.

그때, 나를 비롯한 우리 종족은 얼마나 감격했던가. 처음 외계로부터 온 신호를 감지했던 그 순간 말이다. 그즈음 우리는 22대 선조로부터 이어져 왔던 외계의 지적 생명체 탐사 프로젝트를 실패로 결론 내리고 마무리하려 하고 있었다. 그 오랜 세월을 기다렸음에도 불구하고 적어도 우리가 인지할 수 있는 우주의 범위 내에서는 어떤 지적 생명체의 울림도 찾을 수 없었다. 우리종족은 기다림에 익숙한 존재였지만, 인내심에도 한계는 있었다. 그러니 바로 그 순간 포착된 신호는 그야말로 우주의 뜻이라고밖에는 설명할 수 없었다. 우린 즉시 모든 가용 자원을 투입해 신호의 근원을 찾아냈다. 놀랍게도 신호는 바로 우리가 사는 우리 은하 내부에서 오고 있었다. 다만 너무 외진 곳이어서 설마 그곳에 지적 생명체는커녕 생명이 존재 가능한 행성단이 있으리라고는 생각지도 못해 아예 프로젝트에서 제외한 곳이었다. 제 그늘 밑이 가장 어둡다는 말이 딱 이럴 때 쓰는 말이었다.

우리는 즉시 그곳으로 출발했다. 하지만 언제나 그렇듯 우주는 생명체에 비해 너무나도 컸다. 천신만고 끝에 우리가 그 행성에 도착했을 때, 그곳에 살았던 지적 생명체들은 이미 멸종한 뒤였다. 우리는 낙담했지만, 포기하지는 않았다. 그나마 다행인 것은, 그들의 멸종 이후 시간이 많이 흐르지 않았던지라 DNA라는 화학 물질로 이루어진 그들의 생성 코드를 어렵지 않게 구할 수 있었다는 것이다. 그때부터 우리의 '외계 지적 생명체 탐사'는 '외계 지적 생명체 복원'으로 바뀌었다.

처음에 일은 순조롭게 되어 가는 듯싶었다. 이 행성에 살던 지적 생명체의 생성 코드는 행성의 공전이 채 13회도 반복되기 전에 밝혀졌다. 다행히도 DNA라는 물질은 상대적으로 안정적이어서, 생명체를 합성할 수 있을 정도로 손상되지 않은 DNA를 찾아내는 건 어렵지 않았다. 남은 일은 이 DNA 샘플의 코드를 바탕으로 단백질을 만들고, 이를 조합해 생명체를 만들어 내

이은희

는 일이었다. 하지만 이는 무턱대고 시도할 수 없는 종류의 일이었다. 이를 현실화하는 데 필요한 자원과 시간도 엄청나지만, 무엇보다도 이 생명체의 수명과 번식 패턴, 사회화 정도, 서식지의 크기, 영양 섭취 방법 등에 대한 정보는 생성 코드 정보만으로는 알 수 없었고, 게다가 그들이 멸종한 원인을 모르는 상태에서 무작정 복원했다가는 또 다른 멸종의 과정을 눈앞에서 실시간으로 봐야 할지도 몰랐다. 우리는 그런 광경을 직접 마주 대할 자신이 없었다. 아무리 외계의 이족(異族)이라 할지라도 눈앞에서 직접 그들이 죽어 나가는 것을 보면, 우리 중 대다수는 깊은 정신적 트라우마를 겪게 될 것이다. 그래서 대안으로 제시된 것이 외계 지적 생명체 가상 복원 계획이었다. DNA에 들어 있는 정보를 바탕으로 이들을 가상 공간에서 복원해 그들의 습성을 살피는 것이었다.

비록 가상 공간에서였지만, 복원해 낸 이 행성의 지적 생명체의 모습은 역시 '우주는 넓고 우리는 아는 것이 없다'라는 말을 실감하게 해 주었다. 복원한 이들은 우리 종족에 비해서 매우 작고 왜소했으며, 평균 수명도 겨우 80~100회의 공전 주기에 불과할 정도로 짧았다. 게다가 이들은 네 개의 부속지만으로 개체의 이동과 환경의 조작이라는 복잡한 행동들을 모두 수행해야 하는 불합리한 구조를 가지고 있었다. 우리는 이 지적 생명체들은 신체적 한계로 인해 동시에 세 가지 이상의 지적 활동을 할 수는 없었을 것이라고 결론 내렸다. 더군다나 이 생명체들은 일단 발생 후에는 발생 과정을 되돌릴 수도 없을 뿐더러, 부속지도 겨우 네 개 밖에 없는 주제에 부속지가 잘리거나 망가져도 결코 재생되지 않았다. 도대체 이렇게 본때 없는 생명체들이 어디 있나!

크산토는 그런 열악함이 이 종족의 생명체들을 매우 이기적이고 자기중심적으로 행동하도록 만든 근원이 되었을 거라 유추했다. 가뜩이나 환원 불가능한 발생 과정을 거쳐 조직화되었음에도 불구하고 신체 조직이 재생조차 되지 않으니, 각각의 개체는 스스로의 신체 자원을 지키는 데 혈안이 되지 않을 수 있겠는가 말이다. 크산토는 순간 으스스한 기분에 자신도 모르게 몸을 떨었다. 수많은 부속지들이 동시에 가늘게 떨렸다. 그때 클로로가 다시 다가왔다.

이은희

"이번 시뮬레이션 결과에 대한 종합 평가 결과가 나왔네."

크산토는 클로로가 내민 부속지에 자신의 부속지 하나를 밀착시켰다. 둘의 신경 회로가 이어지면서 정보들이 순식간에 공유되었다.

"역시나 그랬군. 이번 시뮬레이션에서도 이들을 안정적으로 복구하는 것은 실패했지만, 그래도 확실하게 결론은 내릴 수 있겠어."

"그래도 다음 정기 보고에서는 적어도 이 행성의 지적 생명체들의 멸종 원인을 발표할 수 있을 것 같네. 이들의 실질적 복원을 열망하는 이들은 또 한 번 실망하겠지만 말이야."

"이들의 멸종 원인은 아무래도 지나치게 번거롭고 복잡한 개체 증가 방식에 있는 것이 틀림없다는 가설 말인가?"

"그렇지. 앞선 시뮬레이션에서는 서로 조금씩 다른 지역의 집단들끼리 다툼을 벌이다가 전멸한다는 전쟁광 가설이나 환경 파괴로 인한 멸종 가설이 유력했지만, 아무래도 개체 증가 방식의 문제가 가장 큰 것 같아."

"이들의 개체 번식 기관이 서로 다른 두 개의 서브타입으로 분리되어 있고, 이들이 만나서 이 기관을 합체하는 방식으로 번식하는 것까지는 유전적 다양성을 확보하는 과정으로 받아들일 수 있어. 하지만 이해할 수 없는 점이 한두 가지가 아니야. 왜 그 둘 중 유독 한쪽 서브타입의 개체에게만 번식의 거의 전 과정에 대한 책임을 전적으로 부과하는 불공평한 방식으로 진화했을까? 이건 다시 말해 왜 다른 서브타입의 개체는 생물학적으로 거의 책임지지 않아도 되는 구조로 진화했을까와 연결되지. 게다가 이들 종족의 어린 개체들은 왜 독립적 생존 능력이 그토록 취약하게 태어날까? 거기다가 개체 자체의 수명이 길지도 않은데 성체가 되는 데 걸리는 기간은 또 어찌나 긴지! 어린 개체들은 또 어찌나 변덕스럽고 손이 많이 가는지!"

"전적으로 찬성이네. 가뜩이나 한 번에 복제할 수 있는 개체 수도 한둘밖에 안 되면서 말이야. 이 개체들의 성장기가 생애의 5분의 1에 해당하는데, 성장기 동안에는 거의 전적으로 성체들의 돌봄에 의존해야 하니 개체를 복제하는 데 너무나 많은 시간과 자원이 필요해. 고도의 지적 능력과 문화적 발전은 잉여 시간과 여분의

이은희

자원에서 나오는 것인데, 이들 종족은 번식하는 데 너무나 많은 물자와 시간을 필요로 하는 이상한 구조를 가지고 있어."

"실마리는 거기에 있는 것 같네. 원래 모든 생명체에게 시간과 물자는 유한한 법이야. 그런데 이 종족은 후손 양육에 너무나 많은 자원이 필요하니 번식에 전념하여 개체 수를 늘려 나가는 동안에는 이렇다 할 지적 능력의 성숙을 거의 못 하고 있다가, 어떤 이유로든 번식을 제한하는 풍조가 나타난 뒤에야 그제야 문명이 발전하는 모양새를 띤 거지. 그런데 문명이 발달할수록 지능이 깨어난 이들은 특정 서브타입에 지나치게 편중된 번식 시스템의 불합리성을 깨닫고 더욱 번식률을 줄이게 되는 현상이 나타난 거지."

"이들을 비난할 수는 없어. 나조차도 불리한 쪽 서브타입이라면 억울하다는 생각에 번식 파업을 심각하게 고민할 것 같거든. 이런 불공평함에 대한 인식은 종족 전체의 번식력을 회복 불가능한 수준으로까지 떨어뜨렸고, 결국 종족 유지가 가능한 최저 임계점을 넘은 이후 서서히 자멸의 길로 들어서게 된 거지."

"지능의 발달로 번식의 불합리함을 깨닫는 순간, 자

멸의 길이 열린다는 건 너무 서글픈 일이야."

"그래서 이번 시뮬레이션에 기대했던 거네. 한쪽 서브타입에 지나치게 치우친 번식 시스템의 부담을 다른 서브타입으로 이전시키면 조금 나아질 거라고 생각했거든. 하지만 결국 또 실패한 걸 보면, 번식 부담의 불합리성보다는 이들 종족의 번식 시스템 자체가 너무나 불합리한 구조였기 때문이라고 결론 내릴 수 있겠지."

"짧은 수명과 긴 성장기, 엄청난 자원을 필요로 하는 가성비 떨어지는 성장 과정은 결국 선택의 폭을 좁아지게 할 수밖에 없었던 거지."

클로로와 크산토는 검게 꺼진 시뮬레이션 화면을 바라보며 길게 한숨을 내쉬었다.

"종족의 번식에 집중하면 외계와의 교류가 가능한 진정한 지적 생명체 종족으로 발돋움하기 어렵고, 지적 생명체의 대열에 들어서면 종족의 번식 자체가 위협받는 종족이라……."

"참으로 가련한 종족이로군. 이들 '인간'이라는 종족은 말이야."

이은희

과학 커뮤니케이터. 20대에는 과학자로, 30대에는 과학 논픽션 작가로 일하다가, 40대가 되어서야 픽션 분야에 기웃거리기 시작했다. 한 사람의 호모 사피엔스 여성으로 겪은 날것 그대로의 재료를 과학과 픽션이라는 이질적인 요리법으로 잘 섞은 퓨전 요리를 만들어 내는 것이 꿈이다.

지난 20여 년간 수없이 많은 글을 썼고, 글쓰기에는 충분히 단련되었다고 생각했다. 그런데 참 세상은 넓고 글은 다양하더라. 겨우 이 70매 남짓한 짧은 글을 얼마나 오래 붙잡고 있었는지. 논픽션 서술에 익숙한 사람이 픽션을 쓴다는 건, 마치 평생토록 밥만 지어서 밥이라면 얼마든지 윤기 있고 찰지게 지을 수 있다고 여기던 찰나, 갑자기 케이크를 구워야만 하는 처지가 된 기분이었다.

오랫동안 대중 과학서를 쓰며 몸에 배어 있던 설명 중 독자의 욕구를 누르고, 조약돌을 떨어뜨리는 어린아이가 되어 이야기의 조각들을 조금씩 풀어내는 건 너무 감질이 났다. 마치 독자들과 밀당을 하는 기분이랄까? 연애할 때도 밀당을 해 본 적이 없는데, 누군지도 모르는 독자들을 상대로 밀당해야 한다는 사실이 참 어색하고 쑥스러웠다. 하지만 얼마 지나지 않아, 소설을 쓸 때의 즐거움이 과학을 연구할 때의 그것과 본질적으로는 다르지 않다는 사실을 깨달았다.

과학자들은 세상에서 자신만이 아는 지식을 알아냈을 때 그 무엇과도 바꿀 수 없는 희열을 느끼며, 그것을 세상에 공표한다. 그런데 세상에서 나만 알고 있는 이야기를 만들어 그것을 풀어낼 때의 즐거움도 못지않게 즐겁고 기쁘다는 사실을 알아 버렸다. 무궁무진한 베이킹의 세계에 첫발을 들인 초보자의 기쁨이 이런 것일 테지. 내가 만든 첫 케이크가 내 입에만 단 것이 아니라, 다른 이들에게도 달콤한 한 조각으로 기억되면 더욱 즐거울 것 같다.

고리

김창규

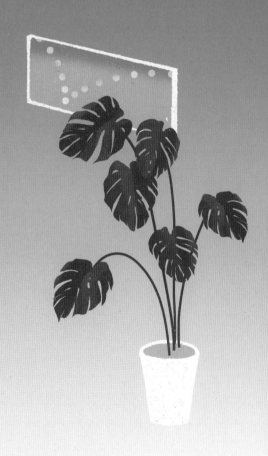

동광 아파트 상가의 지하로 내려가는 계단 앞에, 서희는 우뚝 섰다. 열심히 다리를 움직일 때는 더운 줄을 몰랐는데 멈춰 서자마자 보이지 않는 둑이 무너진 것처럼 땀이 흘렀다. 서희는 세 시간에 걸쳐 지하철과 광역버스와 지역버스를 갈아탄 기억을 땀과 함께 손수건으로 닦아 내고 첫 계단에 발을 얹었다.

계단이 끝나는 곳에서 그를 맞이한 것은 지하층의 눅눅함과 어두움이었다. 형광등이 전부 켜졌는데도 눈앞이 흐릿해 서희는 저도 모르게 난시용 안경을 고쳐 썼다. 고소한 냄새가 스멀스멀 기어 나오는 떡집과 자그마한 컴퓨터 수리점을 지나 첫 번째 모퉁이를 돌자, 드디어 서희가 그토록 소망했던 간판이 보였다.

상호는 중요하지 않았다. 바닷가 모래알만큼 많고 그만큼 똑같아 보이는 SNS 글들 속에 짧으면 한 달, 길면 일 년마다 한 번씩 '똑같은' 도움을 받았다는 이야기가 숨어 있었다. 서희도 그 도움이 절실했기 때문에 힘이 닿는 한 그 기록을 추적했다. 서희에게 중요한 것은 그렇게 도움을 준 사람이 지금 사는 곳이었고, 그의 직업이었다.

서희는 '수선집'이라는 세 글자를 한 번 더 확인하고 가게 문을 열었다.

실내는 생각보다 밝지 않다는 점만 빼면 여느 수선집과 크게 다르지 않았다. 온갖 실뭉치가 전기 재봉틀 주변을 거의 점령하고 있었고, 구석에 서 있는 두 폭짜리 싸구려 병풍이 탈의실을 대신하고 있었다. 낡은 탁자 위에는 주인을 기다리는 옷가지가 적당히 만든 이름표를 매단 채 수북이 쌓여 있었다.

병풍에 수놓인 그림이 어딘지 이상하다고 생각할 때쯤 목소리가 들렸다.

"어떻게 왔어요?"

서희는 그제야 가게 주인을 발견했다. 그토록 만나고

김창규

싶었음에도 알아채지 못했다는 사실에 서희는 당황했다. 하지만 상대를 자세히 살펴보니 그럴 만하다는 생각이 들었다.

재봉틀 옆에 앉아 있는 주인은 보호색을 뒤집어쓴 동물처럼 존재감이 희미했고 성별도 제대로 구분하기 어려웠다.

서희는 조금 머뭇거리다가 반쯤 감긴 주인의 눈을 똑바로 바라보며 대답했다.

"소문…… 을 듣고 왔어요. 여기 오면 사람을 찾을 수 있다고 해서요."

주인은 천천히 고개를 갸웃거리고, 남자라기엔 새되고 여자라기엔 가라앉은 목소리로 혼잣말을 했다.

"그렇게 옮겨 다녔는데도……."

서희는 왠지 잘못을 저지른 기분이 들어 자신에게 운이 따랐다는 말은 꺼내지 않았다. 그가 인터넷 글을 더듬어 검색할 수 있었던 건 정말 행운이었다. 특히 이 수선집을 찾는 데 결정적 도움을 준 글은 우연이 아니면 발견할 수 없었다. 일정 기간이 지나면 자동으로 삭제되어야 할 익명 글이 시스템 오류로 이틀 더 남아 있었고, 그는 한 시간을 남겨 놓고서 그 글을 저장할 수 있었다.

주인은 뻣뻣한 머리카락을 두 손으로 대충 매만졌다. 서희는 입을 꾹 다문 채 그의 움직임만 바라보았다. 거절할 생각인가? 그래도 그냥 돌아갈 순 없어. 어쩌면 이게 마지막 기회인지도 모르는데. 아무리 말이 안 된다곤 해도 다른 방법이 없잖아.

서희는 그렇게 생각하며, 우두커니 선 채 주인의 손끝을 눈으로 좇았다. 주인은 조금도 소리를 내지 않고 오른손을 옷가지 속에 찔러 넣었다. 그리고 날렵한 동작으로 무언가를 꺼내 서희에게 내밀었다.

서희는 저도 모르게 반걸음 뒤로 물러섰다. 길고 날카로운 가위 끝이 그의 허리를 가리키고 있었다.

"도, 돈을 드려야 하는 거죠?"

얼마나 주면 되느냐고 물으려는데 주인이 몹쓸 얘기를 들었다는 듯 슬쩍 웃으며 고개를 저었다.

"옷이오."

"네?"

"입고 있는 옷을 손바닥 크기로 잘라요. 그 카디건이면 되겠네."

서희는 눈을 동그랗게 떴지만 이내 인터넷에서 읽었던 글을 떠올렸다. 만약 그 가게를 찾거든 주인이 시키

김창규

는 대로 해요. 지금 생각하면 우연히 정신 나간 사람을 만난 건지도 모르지만, 난 그 주인 덕분에 엄마를 찾았다고 생각해요. 내가 얘기할 수 있는 건 그게 다예요.

서희는 가위를 건네받고 연두색 카디건의 끝자락을 큼지막하게 잘랐다. 주인은 천 조각을 손에 들더니 이리저리 뒤집어 보고, 냄새를 맡고, 두어 번 고개를 갸웃거렸다.

"거기 앉아서 기다려요."

서희는 시키는 대로 조막 같은 나무의자에 앉아 꼼짝도 하지 않았다.

주인은 돋보기안경을 꺼내 쓰고 핀셋을 손에 들었다. 그리고 울퉁불퉁 오려 낸 옷자락에서 한 가닥씩 실을 뽑아냈다. 서투른 가위질이 무색하게 주인은 거의 다 훼손된 사진을 복구하듯 세심하고 꾸준하게 작업을 이어 갔다.

서희는 한동안 미세한 옷 부스러기가 떠 있는 허공만 쳐다보았다. 사각거리는 소리와 먼지 때문에 최면이라도 걸리겠다는 생각이 들었다. 그는 천천히 일어나 두 폭짜리 병풍으로 다가가서는 저도 모르게 수놓인 문양을 쓰다듬었다. 감색과 자색 실이 동심원을 그리다가 잘게 부서지는 파도처럼, 개기일식에서 벗어나려고 안간힘을 쓰는 홍염처럼 흩어지며 아름답게 뒤엉켜 있었다. 서희는 이유는 알 수 없었지만 손가락으로 어루만질수록 심장이 빨리 뛰고 눈가가 조금씩 촉촉해졌다.

헛기침 소리 때문에 서희는 정신을 차렸다. 수선집 주인이 노려보고 있었다. 서희는 아무것도 망가뜨리지 않았건만 사과를 하며 의자로 돌아갔다. 주인의 날 선 시선은 서희에게 들러붙어 떨어지지 않았다.

"그게 뭔지 알아요?"

"아뇨, 처음 봤어요. 그런데 제 손을 끌어당기는 느낌이 들어서……. 말도 안 되죠?"

주인이 콧소리를 냈다. 서희는 겸연쩍어서 조금 전까지 천이 놓여 있던 탁자 위로 눈길을 옮겼다. 서희는 제 눈을 믿을 수가 없었다. 자신이 직접 자른 카디건 조각은 시간을 거스르기라도 한 것처럼, 한 가닥 기다란 초록색 실이 되어 있었다.

주인이 말했다.

"이제 반은 됐어요. 다음 걸 줘요."

"다음…… 거라뇨?"

"다음 천 말이에요. 찾고 싶은 사람 옷."

김창규

"그게 필요한 줄은…… 몰랐어요. 이 가게도 간신히 찾아서……."

"그러면 여기서 끝이군요."

서희는 심장이 덜컹 내려앉았다. 그가 아는 건 수선 가게를 찾아서 주인이 시키는 대로 하면 된다는 게 전부였다. 갑자기 눈앞이 캄캄해졌다. 윤추가 정말로 떠났다고 절감했을 때와 똑같았다. 아랫입술이 저리고 귀에서 피가 맥동하는 소리가 들렸다. 이 가게에 부탁하고 나서 사람을 찾았다는 소문만 믿었는데 또 끝이라니. 경찰도 귀 기울이지 않는 마당에 서희에게 남은 길은 아무것도 없었다.

"……오늘은요, 이제 가게 문을 닫아야 하니까 만나고 싶은 사람이 입던 옷을 내일 가져오세요."

서희는 그 말을 듣고 나서야 들고 있던 물을 마실 수 있었다. 손을 떤 탓에 컵에 남은 물은 얼마 되지 않았다. 뻣뻣했던 혀가 조금 풀리는 것 같았다.

"꼭 가져올게요. 찾는 대로 곧장 올게요."

주인은 이마를 덮은 머리카락을 두 손으로 가르고 등받이 의자에 몸을 실었다.

"모레는 안 돼요. 내일 가게를 닫기 전까지, 네 시까

지 갖고 와요. 또 소문이 나기 전에 떠나야 하니까요. 그
사람을 꼭 찾고 싶으면 늦지 말아요."

서희는 윤추의 물건이 남은 방으로 빨리 돌아가야 한
다는 생각에 아무 인사도 하지 않고 다급히 수선 가게
를 나왔다.

*

윤추는 불을 삼킨 듯 가슴이 아파 경련하며 눈을 떴다.

일정한 무늬가 반복되는 천장 타일과 차갑게 빛나는
전등과 잦은 세탁으로 모서리가 해진 커튼은 두 번 다
시 보고 싶지 않았건만, 아무리 눈을 깜빡거려도 사라
지지 않았다.

더 정확히 말하면 그는 온 힘을 다해 거부하고 싶었
던 최악의 상황에 놓여 있었다. 고개를 돌려 발끝 너머
를 보니 흰옷을 입은 사람들이 바삐 움직이고 있었다.
줄지어 있는 침대와 환자도 눈에 들어왔다.

윤추는 절대 와서는 안 될 장소, 병원에 누워 있었다.

그 사실을 깨닫자마자 도망쳐야 한다는 생각이 머리
를 지배했다. 배에 힘을 주고 일어서려 했지만 몸이 말

을 듣지 않았다. 힘을 모으려고 애를 쓰면 쓸수록 시트와 침대 아래로 기운이 빠져나가는 느낌이었다.

침대 사이를 오가던 간호사가 윤추에게 다가왔다.

"아직 제대로 못 움직일 거예요. 잠깐 볼게요……. 체온도 정상이 아니고요. 절벽에서 바다로 뛰어든 건 기억하시죠? 정신은 차리셨으니 확인 삼아 물어볼게요."

윤추는 경멸하는 듯한 간호사의 시선을 피하지 않고 누운 채 머리를 까딱거렸다.

"수면제 드셨죠?"

"예."

"그리고 얼마나 지나서 물에 뛰어들었어요?"

"……이십 분쯤 지났을까요."

간호사는 눈을 내리뜨고 차트를 보며 차가운 목소리로 말했다.

"사람에 따라 차이는 있지만 그 정도라면 목적을 달성하는 데에 별 도움이 안 됐을 거예요. 익사는 금방 끝나거든요. 경찰 아저씨 돌아오거든 순순히 대답하세요. 참, 휴대 전화가 없던데 연락할 사람 있어요?"

윤추는 조금도 망설이지 않고 대답했다.

"없습니다."

고리

간호사가 한숨을 쉬었다.

"누구든 치료비를 납부하지 않으면 퇴원이 안 되니 그렇게 알고 계세요."

윤추는 점점 부푸는 것 같은 목청을 여러 번 가다듬은 다음 물었다.

"돈을 내면 바로 퇴원할 수 있나요."

"경찰이 와야 한다니까요. 그리고 지금 일어서 봐야 병원도 나서기 전에 쓰러질 거예요. 무슨 사정인지는 몰라도 다른 건 나중에 생각하시고 우선 쉬……."

원내 방송이 간호사의 입을 막았다. 간호사는 내용에 귀를 기울이다가 병실 명을 듣고 얼른 반응했다.

"죽으려던 환자분은 살아났는데 살려고 애쓰시던 할머님은 갑자기 안 좋으신가 보네요. 어차피 환자분과는 상관없는 얘기겠죠?"

남이야 어찌 되든 자살하려던 사람이잖아요.

간호사는 그 말까지는 꺼내지 않았다.

상관이 없는 게 아니라 그 할머니는 나 때문에 죽을지도 몰라요.

윤추도 대답을 삼켰다.

간호사는 바삐 모습을 감추는 바람에 죄책감으로 일

김창규

그러진 윤추의 얼굴을 볼 수 없었다.

입속은 아직도 자갈이 한 움큼 든 것처럼 거북해 탄식조차 마음 편히 내뱉을 수 없었다. 팔과 다리가 서로 자리를 바꾼 것처럼 쑤시고 아팠다. 그래도 윤추에게 다른 선택은 남아 있지 않았다. 조금이라도 빨리 병원을 빠져나가 최대한 멀리 도망쳐야 했다.

윤추는 눈을 감은 채 시트 속에서 비교적 자유로운 오른손을 움직여 링거 바늘을 뽑았다. 최대한 피가 흐르지 않도록 조심하면서. 조금이라도 상처가 나면 그만큼 병원에 있는 환자들에게 피해를 줄 터였다. 다음으로 필요한 건 민첩함과 연기력이었다. 줄 끊어진 꼭두각시처럼 무릎이 꺾였지만 주저앉거나 넘어지지는 않았다. 주의를 끌지 말고 회복실에서 나가야 한다는 일념 덕분이었다.

침대 밑에는 아직 완전히 마르지 않은 옷이 있었다.

윤추는 헐렁한 환자복 속에 여름옷을 적당히 숨겼다. 그리고 커튼이 만들어 놓은 미로로 때로는 천천히, 때로는 빠르게 걸었다. 회복실만 나가면 산책하는 환자들 틈에 섞일 수 있을 것 같았다. 병원이 제법 크고 환자도 적지 않아 다행이었다. 그런 곳이라면 환자를 얼굴이

아니라 식별 번호로 구분하게 마련이고, 안전하게 도망
칠 수 있었다.

　조명을 꺼도 될 만큼 밝고 어수선한 중앙 홀에 들어
서자 윤추는 비로소 시간을 생각했다. 커다란 회전문
위에 대형 시계가 매달려 있었다. 시간은 아홉 시 십오
분. 서른 알째 수면제를 사던 때가 저녁 무렵이었으니
하룻밤을 병원에서 묵은 셈이었다.

　등에서 식은땀이 솟았다. 병원 직원을 붙잡고 간밤
에 사망한 환자는 없는지 묻고 싶었다. 하지만 그런 행
동으로 시간을 끌면 또 다른 사람을 죽음으로 이끌지도
모른다는 데에 생각이 미쳤다.

　회전문을 밀고 건물에서 완전히 빠져나가려는 참에
주차장에서 걸어오는 제복 차림의 남자가 보였다. 그
경찰이 윤추의 자살 미수를 담당하는 사람이라면 다시
병실로 끌려갈 수밖에 없었다. 윤추는 갈등했다. 화장
실에 숨었다가 옷을 갈아입고 나갈까? 아니야. 경찰은
평상복을 입은 내 모습을 더 잘 알아볼지도 몰라. 그럼
이대로 바람 쐬러 가는 환자처럼 자연스럽게 나갈까?

　윤추는 후자를 선택했다. 화장실에서 좌변기에 걸터
앉기라도 하는 날에는 그대로 정신을 잃을 것 같았다.

　　　　　　　　　　　　　　　　　　　　김창규

간호사의 예상은 정확했다. 점점 시야가 좁아지고 있었다. 지금 나가지 않으면 기회는 없었다.

사십대 중반으로 보이는 경찰은 많이 바쁜지 같은 회전문을 사이에 두고 스치는 윤추를 쳐다보지 않았다.

소금기를 머금은 아침 바람이 윤추를 끌어안았다. 멀리 후송되지 않아 다행이라는 생각이 들었다. 지금처럼 체력이 바닥을 친 상태에서 장거리를 이동하는 날에는 피해자가 한 명에 그치지 않을 수 있다. 그러기 전에 한 번 더 바다에 뛰어들거나 여의치 않을 경우 기차가 달리는 선로라도 찾아야 했다.

윤추는 옷을 갈아입기 위해 행인이 보이지 않는 구석을 찾아 두리번거렸다.

*

서희는 옷이 든 종이 가방을 떨구고 주저앉았다. 주인은 그를 속였다. 수선집으로 들어가는 문은 굳게 잠겨 있었다. 손잡이를 당기고 흔들어 봤지만 불 꺼진 가게 안에서 사람이 움직이는 기척은 없었다. 두 손으로 눈가를 가리고 내부를 들여다보니 어제와 다르게 집기가 거의 보이지 않았다.

오늘까지 오라고 했잖아. 내일 떠난다면서…….

서희는 무슨 일인가 싶어 문밖으로 고개를 내민 옆 가게 주인에게 물었다.

"수선집 사장님 이사 갔나요?"

"그런 얘긴 못 들었는데? 원래 말이 없는 사람이었고."

돌아가야 한다는 생각은 들지 않았다. 돌아갈 곳도 떠오르지 않았다. 지금 그에겐 집도, 앞날도 존재하지 않았다. 끝내 그 사람에게 도달하지 못할 거라는 생각을 하기가 너무나 두려웠기 때문이다. 모든 건 그를 만난 뒤에야 의미가 있었다. 그런데 마지막 희망이었던, 이상한 도형이 새겨진 병풍을 뒤에 두고 나이도 성별도 가늠할 수 없는 사람이 약속을 어기고 말았다.

서희는 상가를 나왔다. 그는 풍랑에 표류하는 배처럼 아파트 단지 내를 방황했다. 어제는 희망을 연료 삼아 이끌었던 두 다리가 오늘은 두 눈에 초점을 잃은 주인과 종이 가방을 싣고 제멋대로 움직였다. 혹시 이 많은 아파트들 어딘가에 살고 있진 않을까? 여기까지 찾아온 것도 기적에 가까웠는데 한 번 더 그런 일이 일어나진 않을까? 우연에 기대지 말고 한 집씩 초인종을 누르

김창규

고 물어볼까? 아직 이른 시간이니 이 단지만이라도 다 돌 수 있지 않을까?

서희는 포기하지 않았다. 정신을 차리려면 조금 쉬어야겠다는 생각이 들었다. 흐릿한 시야에 인공미가 가득한 정자가 보였다. 그 안에 사람은 없었다. 휴가철이라는 사실이 새삼스러웠다.

정자에 올라간 서희는 가방을 얌전히 내려놓고 긴 의자에 몸을 내던졌다.

그리 긴 시간이 흐르지 않았을 무렵 정자 뒤편 그늘에서 낯설지 않은 한숨 소리가 들렸다.

"가끔은 틀려도 좋은데 말이에요."

서희는 화들짝 놀라 일어섰다.

"약속을 어긴 건 아니니 걱정 말아요. 조금 시험을 해보긴 했지만. 꽤 오랜만이라 그랬으니 이해해 줘요."

서희는 뒤늦게 원망이 솟아나 목소리를 높였다.

"오늘 오라고 하셨잖아요. 가게 문은 잠겼고 안은 비어 있던데요."

수선집 주인은 챙이 넓은 모자를 고쳐 썼다.

"도망가진 않았잖아요. 사실 손님이 여기까지 찾아올까 궁금하기도 했고요."

서희가 그게 무슨 뜻이냐고 묻기도 전에 주인이 정자를 빙 돌아오더니 곁에 앉았다.

그리고 어깨에 걸치고 있던 가방에서 어제 만든 녹색 실과 핀셋을 조심스럽게 꺼냈다.

"찾는 사람 옷은 가져왔죠?"

서희는 실망과 분한 마음을 채 씻어내지 못하고, 눈가에 고여 있던 눈물만 훔치고는 가방에 들어 있던 웃옷을 건넸다.

주인은 의자 위에 옷을 펼쳐 놓고 두 손으로 천천히 쓰다듬더니 재봉 가위로 셔츠 가슴 부위를 크게 오리면서 말했다.

"이 사람에 대해 말해 봐요."

"뭘…… 말할까요?"

"아무거나 상관없어요. 이름부터 시작해도 좋고요."

가까운 나무에서 매미가 울기 시작했지만 서희의 귀에는 들리지 않았다.

"이름은 조윤추예요. 외모는…… 그러고 보니 외모를 눈여겨본 적이 없네요. 보통 때는 눈에 힘을 주고 있지 않아서, 피곤해 보인다는 얘기를 자주 들었대요. 그래도 전 그 눈이 좋았어요."

김창규

주인은 이번에도 천 조각을 손바닥만 하게 잘라 냈다. 그가 핀셋을 들고 실을 자아내는 모습은 흡사 정밀 묘사화가 완성되어 가는 영상을 거꾸로 돌리는 것 같았다.

"사람이 많은 곳을 싫어했어요. 저랑 같았죠. 음악 취향도 많이 겹치고 어딜 가든 조용한 장소부터 찾는 것 역시 같았어요. 그리고…… 일일이 되짚어 보려니 바보가 된 것 같네요. 좋아하면서 그런 걸 따지는 사람이 어디 있어요? 똑같은 사실이 연애하는 이유도 되고 헤어지는 핑계도 되잖아요?"

주인은 시선을 핀셋 끝에 모으고 물었다.

"특별한 점은 없었어요?"

서희는 주머니에 손을 넣어 윤추의 옷과 함께 가져왔던 쪽지를 만지작거렸다. 내용을 알면 주인이 더 이상 도와주지 않을 거라는 불안함 때문이었다.

"뭔지는 몰라도 얘기해 봐요."

주인은 서희가 마지못해 웃옷 위에 내려놓은 노란색 메모지를 곁눈질했다.

더 이상 나 때문에 사람이 죽는 걸 못 견디겠어. 나는 있어서는 안 되는 사람이야. 언젠가 너까지 죽일지도 몰라. 그래서 돌아오지 못할 곳으로 갈 거야. 날 찾지마. 마지막 부탁이야.

주인은 글귀를 전부 읽더니 한숨을 쉬고, 하던 작업을 이어 갔다.

"놀라지 않으시는군요."

"세상엔 별일이 다 있으니까요. 예나 지금이나."

"정말 사람을 죽였냐고 묻지 않으세요?"

"그러지 않았다는 걸 아니까요. 다른 이유도 있어요. 우리 가게까지 오기 전에 경찰을 찾아갔죠? 이름과 나이도 말했을 테고. 그 쪽지가 문자 그대로라면 사람이 여럿 죽었다는 얘긴데, 정말 살인자라면 경찰이 무심했을 리가 없죠. 전과도 하나 없었을 것 같군요. 사람을 때리지도 못할 것 같은데."

서희가 고개를 끄덕였다.

"맞아요. 어떤 사람은 그게 큰 단점이라고 말할지도 몰라요. 남에게 피해를 주는 행동은 심할 정도로 꺼렸거든요. 좀 지나치게 착하고 소심한 사람이라고 생각했어요. 그 사건이 있기 전까지는."

주인은 입을 다문 채 천 조각 절반을 주황색 실로 바

김창규

꿔 놓고 있었다.

"작년 9월에 SRT가 탈선했던 일 기억하세요? 윤추는 일 때문에 그걸 타고 서울로 오는 중이었어요. 사람이 많이 죽었죠. 사십 명쯤이었을 거예요. 천만다행으로 윤추는 다치지 않았어요. 옷은 찢어지고 피가 잔뜩 묻었지만 작은 상처도 없었어요. 뉴스를 보고 놀랐다가 그 모습을 보고 제가 얼마나 기뻐했는지는 짐작하실 거예요. 그런데 윤추는 귀신이라도 본 것처럼 넋이 나갔더라고요. 충격이 커서 그러겠거니 했는데, 며칠 지나서 말하더군요. 사고가 나는 순간 부러진 의자 팔걸이가 옆구리를 꿰뚫었다고."

주인은 완성된 주황색 실을 서희의 초록색 실과 나란히 늘어놓았다.

"안 믿었죠. 멀쩡했으니까요. 그때 윤추가 붐비는 장소를 꺼리는 진짜 이유를 말해 줬어요. 다치거나 심하게 지치면 가까이 있는 사람의…… 생명력이 흘러 들어와서 회복되는 것 같았대요. 그중에 크게 아프거나 시한부 삶을 선고받은 사람이라도 있으면 생명력을 잃어서 더 빨리 죽는다고요."

두 가닥 실은 주인의 가느다란 손가락 사이에서 조금

씩 하나로 합쳐지고 있었다. 중심에 철사라도 들어 있는 것처럼 초록색과 주황색 실이 서로 휘감으며 고리를 이루어 갔다.

주인이 물었다.

"안 믿었죠?"

"그럼요. 열차 사건 때 중상을 입었다가 금세 회복한 것도 충격을 받아서 착각과 현실을 혼동한 거라고 설득했어요. 윤추는 그때부터 점점 말수가 적어졌죠. 그러다가 한동안 제가 아팠어요. 그때 떠나야겠다고 결심했겠죠. 내 생명력을 빨아들이다가 죽게 만들지도 모른다고 생각했던가 봐요."

주인은 이제 정교하게 완성된 고리를 손에 들고, 잘못된 곳은 없는지 천천히 돌려 가며 마지막으로 점검했다.

"다 됐어요. 자, 여길 붙잡아 봐요."

주황색 실과 초록색 실을 단단하게 꼬아 만든 고리 위에는 두 손가락으로 붙들기 좋은 손잡이가 붙어 있었다. 서희는 주인이 시키는 대로 고리를 들었다.

주인이 말했다.

"고리가 원이라고 생각하고 중심에 해당하는 지점을 똑바로 쳐다봐요. 소망을 모으는 초점이라고 생각해

김창규

도 좋아요. 그 상태로, 하나 물어볼 테니 진심으로 대답해요. 절대 거짓말을 하면 안 돼요. 믿는 걸 얘기해도 안 되고 믿고 싶은 걸 말해도 안 돼요. 그건 우리에겐 안 통하니까."

서희는 주인이 시키는 대로 고리 속 텅 빈 공간을 응시했다.

"초점을 통해서 자신을 들여다보세요. 윤추라는 사람이 정말로 다른 사람의 생명력을 빨아들인다 해도 찾고 싶어요? 아니라고 생각하면 그대로 대답하세요. 착한 사람이 되고 싶어서 거짓말을 하면 안 돼요. 좋은 연인이 되려고 거짓말을 해도 안 돼요. 아무것도 계산하지 말아요. 그냥 있는 그대로 대답해요."

"네. 질문이 하나 더 숨어 있는 거죠? 그 사람을 만나면 나도 더 빨리 죽을 수 있는데, 그래도 찾을 거냐는 뜻이죠?"

"네."

주인은 품속에서 납작하고 자그마한 종이 성냥을 꺼내더니 익숙한 동작으로 불을 붙였다. 불꽃은 성냥개비 끝에서 고리로 옮겨 갔다. 파란 불길이 점점 위로 올라왔지만 서희는 손을 놓지 않았다. 주인이 놓으라고 말하지 않았기 때문이다.

열기는 조금도 느껴지지 않았다. 고리도 타지 않았다. 새파란 불길은 또 다른 실처럼 가늘어지더니 수많은 거미줄로, 아지랑이로, 솜사탕 가닥으로 변해 고리와 하나가 되었다.

바람은 조금도 불지 않았지만 고리에 매달린 불 가닥이 모조리 똑같은 방향으로 나부끼기 시작했다.

"잘했어요. 성공한 걸 보니 솔직하게 대답했군요. 찾는 사람은 그 방향에 있어요. 가깝진 않군요. 이 정도 길이라면…… 기차라도 타야겠어요. 고리는 가방에 넣어 둬요. 불은 안 붙을 테니 괜찮아요. 얼른 가 보자고요. 그 사람이 바보 같은 짓을 벌이기 전에."

서희는 허겁지겁 고리를 챙기고 주인과 함께 길을 나섰다. 기차역에 도착했을 때 비로소 고리가 낯설지 않다는 사실을 깨달았다. 그가 가방 속에 조심스레 넣어 둔 고리는 수선 가게 병풍에 수놓인 문양과 똑같았다.

*

윤추는 최대한 사람을 피해, 타인의 생명력을 빼앗

김창규

지 않고 간신히 해안 도로에 도달했다. 폐에 물을 가득 채워 호흡을 끊고 싶은 열망이 너무나 간절했지만 깊고 푸른 물은 저 너머에 있었다. 도로를 가로지르든 돌아가는 길을 찾든 선택해야 했다.

윤추는 잠시 멈춰서 마지막으로 남은 장애물을 살펴보았다. 사고다발지역임을 가리키는 표지판이 세 개, 추락을 조심하라는 경고판이 하나 세워져 있었다. 그렇게 교통사고가 자주 난다면 공사를 해서 문제의 근원을 없애는 게 맞다는 생각이 잠깐 스쳤다.

그는 도로를 횡단하는 자신을 그려 보았다. 사람이 건너리라고는 생각도 못 한 운전자가 넓게 트인 하늘과 반짝거리는 바다를 감상하느라 잠시 고개를 오른쪽으로 돌린다. 그리고 비틀거리며 길을 건너던 사람을 차로 들이받는다. 때늦은 급정거 때문에 뒤를 따르던 차가 방향을 잃고 결국 부딪친다. 구겨진 자동차에서 부상을 입은 사람들이 간신히 기어 나오지만 그들은 결국 살아남지 못하고 그 자리에서 숨을 거둔다. 맨 처음 차와 충돌한 사람이 다름 아닌 죽음의 신이기 때문이다. 사망자들이 이 세상에 내놓은 생명은 고스란히 사신에게 빨려 들어가고, 그는 즉사하지 않았기 때문에, 제 스

스로 붙인 별명에 걸맞게 멀쩡한 모습으로 다시 일어선
다…….

상상은 손가락을 까딱거리는 것만큼이나 쉬웠다. 매
일같이 그런 비극을 그리며 살았기 때문이다. 그래서
그는 지금까지 어린아이처럼 규범을 잘 지켜 왔다. 차
가 한 대도 보이지 않는 새벽에도 반드시 신호등의 지
시를 따랐다. 화재를 일으킬 가능성이 조금이라도 생길
만한 환경은 절대로 만들지 않았다. 겨울철 빙판이 너
무 많은 날이면 외출을 포기했다.

서희가 병원에 다니기 시작했을 때 그는 가장 확실한
방법으로 자살한다는 명쾌한 해답을 너무 오래 미뤄 왔
다는 사실을 깨달았다.

임시방편은 피해자를 늘릴 뿐이었다. 모든 문제가
그렇듯 근원을 없애는 게 유일하고 본질적인 해결책이
었다.

그는 도로를 옆에 두고 돌아가기로 마음먹었다. 지칠
대로 지친 몸을 억지로 밀고 당기며 한참을 걸으니 국
도 밑에 보행자용 터널이 있었다. 터널 끝은 자연적으
로 형성된 자그마한 숲길로 이어졌다. 숲속 샛길을 따
라 나아가는 동안 햇빛이 출렁이지 않는 시각이 되었

김창규

고, 그는 기력이 다해 정신을 잃었다.

다시 눈을 뜬 이유는 확실하지 않았다. 휴식을 취했기 때문일 수도 있고, 반나절 동안 고속도로를 지나간 차량 탑승자들의 생명력 파편이 조금씩 흘러든 덕분일 수도 있었다. 하지만 어느 쪽이든 더 이상 신경 쓸 일이 아니었다. 두 번 다시 그런 의문이 세상에 남지 않도록 하는 일이 중요했다.

윤추는 옷에 묻은 흙을 적당히 털고, 한층 가벼워진 걸음으로 숲을 빠져나왔다. 해수욕장도 없고 인가도 보이지 않는, 작고 조용한 바닷가가 아주 오래전부터 그를 위해 마련되었던 것처럼 모습을 드러냈다.

웃고 싶었다. 하지만 힘이 없었다. 작별 인사도 다시 하고 싶지 않았다. 그냥 일터에서 집으로 가듯, 1층에서 고장 난 에스컬레이터를 따라 지하로 내려가듯 뭍에서 물로 옮겨 가면 그만이었다.

윤추는 이 세상 공기를 마지막으로 맛보고 싶어 크게 숨을 들이쉬었고, 내쉬기 전에 이상한 현상을 목격했다.

어깨 뒤쪽에서 손가락만 한 빛 가닥들이 바람에 실려 날아오고 있었다. 붉게 빛나는 보풀들은 처음부터 윤추가 목표였던 것처럼 차곡히 몸에 들러붙었다.

그것들의 근원은 허공에 떠 있는 자그마한 불의 고리였다. 윤추는 난생 처음 보는 고리가 기억 속 깊은 곳에 묻혀 있었다는 사실을 불현듯 깨달았다.

고리를 앞세우고 다가온 사람은 그가 두 번 다시 보고 싶지 않았던 서희였다.

상황을 제대로 이해하지 못한 윤추가 어떤 반응도 하기 전에 서희가 고리를 던지고 달려와 그를 끌어안았다. 포옹은 윤추를 어디로도 못 가게 막으려는 듯 거칠고 강했다.

서희를 따라온 사람이 숨을 가쁘게 몰아쉬면서 땅에 떨어진 불 고리를 집었다. 그가 손으로 움켜쥐자 물이라도 뿌린 것처럼 고리가 빛을 잃었다.

"여긴 어떻게 찾았어? 저 사람은 누구고?"

윤추가 물었다. 그 말 속에 서희를 나무라는 느낌은 없었다.

수선 가게 주인이 서희 대신 대답했다.

"난 서희 씨한테 부탁을 받은 사람이에요. 지금 중요한 건 그게 아닐 텐데요. 그렇죠? 이유가 있어서 죽겠다는 사람을 막을 수는 없잖아요. 게다가 그 이유가 정말 합당하다면……."

김창규

주인은 무덤덤한 얼굴로, 눈을 반쯤 뜨면서도 서희를 지그시 바라보았다.

"그런 권리는 사랑하는 사람에게도 없어요."

서희가 윤추를 꼭 붙든 채 말했다.

"그럼 이대로 죽게 내버려 두라는 말인가요?"

"갓난아기도 아닌데 지금처럼 매일 같이 붙어 있을 거예요? 오늘이 아니어도, 물에 들어가지 않아도 자살할 길은 많아요."

서희는 그 말에 반박하지 못했다.

주인이 작은 소리로 한숨을 쉬고 말했다.

"세상엔 헤어질 수밖에 없는 연인도 있어요. 둘 중 하나가 먼저 죽을 수도 있고요. 어느 한쪽이 매달린다고 해서 달라지진 않아요. 괜히 더 아프기만 하죠. 물론……."

서희는 편을 들어주지 않는 주인이 원망스러웠다. 그의 말이 맞다는 걸 알기 때문에 더욱 주인이 미웠다.

"물론 그 이별이 착각 때문이라면 방법이 없는 건 아니죠. 오해를 풀면 되니까. 보통 그런 오해는 잘 안 풀리지만…… 이번엔 좀 상황이 다를지도 모르겠어요."

윤추가 물었다.

"오해라는 건 무슨 말씀이죠?"

주인이 천천히 손을 내저으며 대답했다.

"어떻게 보이는지 모르겠지만, 이래 봬도 내가 꽤 오래 살았거든요. 그동안 자주 봐 왔어요. 스스로 남들과 다르다는 사실을 깨닫는 순간 곧장 좌절하는 모습을. 그러면 대개 비극을 맞이해요. 산다는 건 마지막 순간까지 생각하는 거예요. 생각을 안 하고 되는 대로 맡기는 순간이 바로 임종이죠."

"제가 그렇다는 얘긴가요?"

윤추는 그럴 리가 없다는 투로 되물었다.

"남과 같든 다르든 이 세상에 단순한 존재는 하나도 없다는 얘기예요. 그렇지 않았다면 내가 옷과 실로 사람을 이어 줄 수 없거든요. 칠십 억쯤 되는 사람이 모두 다르기 때문에 가능한 거예요. 그런데 많은 사람이 너무 빨리 자신을 속단해 버리죠."

윤추는 부드럽지만 단호한 동작으로 서희의 팔을 풀고 앞으로 한 걸음 나섰다.

"방금 눈으로 봤기 때문에 저만 이상한 존재가 아니라는 건 알겠습니다. 하지만 적어도 저 자신에 대해서는 누구보다 잘 알고 있어요. 싸워서 상대와 제가 똑같이 다치면 그 사람은 상처가 더 심해지고 저는 나았어요. 병원에 입원하면 저는 말도 안 되는 속도로 낫는 대신 다른 병실에서 어제까지 목숨을 잘 유지하던 사람이 장례식장으로 내려갔고요. 어쩌면 저는 처음부터 다른 이의 수명을 빼앗아서 살아가고 있는지도 몰라요. 그런 존재가 왜 이 세상에 있어야 할까요? 심지어⋯⋯."

윤추는 슬픈 눈으로 서희를 바라보았다.

주인이 헛기침을 했다.

"감동적인 순간을 망쳐서 미안해요. 우선 그것부터 바로잡아야겠어요. 이름이 윤추라고 했죠? 윤추 씨는 서희 씨의 생명을 빼앗아 갈 수 없거든요."

"서희는 저와 만난 뒤로⋯⋯."

그 순간 크고 무거운 것들이 부딪치고 변형되는 소리가 났다. 세 사람이 의외의 상황에 놀라는 동안 검은 형체가 해안국도 밑으로 천천히 굴러 떨어지고 있었다. 주변은 매우 어두웠지만 그 점은 분명했다.

서희가 말했다.

"교통사고인가요? 아까 오면서 본 표지판이⋯⋯."

윤추가 뒷걸음질 쳤다.

"여기서 도망쳐야 해. 안 그러면 나 때문에⋯⋯."

그때 주인이 윤추의 손목을 낚아챘다.

"같이 가 봐요. 다친 사람이 있으면 구해야죠."

윤추가 소리를 질렀다.

"구하려면 내가 없어야 한다니까요!"

그는 손목에서 통증을 느꼈다. 주인이 믿을 수 없을 만큼 강한 힘으로 그를 끌어당겼다. 있는 힘을 다해 봤지만 손아귀에서 빠져나갈 수가 없었다.

주인은 머리카락으로 덮인 두 눈에서 인광을 내며 단호하게 말했다.

"어린애처럼 징징대지 말고 따라와요."

*

운전자가 밤 풍경에 이끌렸는지, 그러지 않으면 고라니 같은 야생동물이 갑자기 뛰어들었는지, 원인은 알 수 없었다. 추락한 자동차의 몸체 한쪽이 유난히 심하게 찌그러져서 운전자가 사망했기 때문이다. 서희는 눈을 들어 차가 떨어진 곳을 바라보았다. 가로등이 많지 않아 희미했지만 둘로 나뉜 가드레일은 식별할 수 있었다.

"서희 씨는 119에 신고부터 해요."

김창규

주인은 한 손에는 플래시를 켠 휴대 전화를 쥐고, 다른 손으로는 윤추를 붙들고 뒷좌석을 살펴보았다. 비교적 덜 변형된 차체 안에 뒤엉켜 있는 두 사람이 보였다. 어른과 아이였다. 엄마와 아들 사이처럼 보였다.

"여기서 떨어지게 해 주세요. 그러면 저 사람들이라도 살지 몰……."

주인은 윤추를 무시했다. 그는 조금 더 차분하게 들여다보고 아이와 엄마 모두 중상이라는 사실을 알았다. 엄마 쪽은 머리를 크게 부딪쳐 두개 일부가 함몰된 상태였고 아이는 가지고 놀던 휴대 전화 파편에 눈을 찔려 피를 쏟고 있었다.

서희가 전화를 끊고 플래시를 하나 더 추가했다.

"오려면 삼십 분은 걸린대요. 어떡하죠?"

풀려 나온 안전띠에 뒤엉킨 아이 엄마가 간신히 목소리를 냈다. 피에 뒤덮인 탓에 눈은 뜨지 못하고 있었다.

"혁수…… 는 괜찮은가요……."

주인과 서희가 플래시를 아이에게 비추었다. 아이는 꼼짝도 하지 않았고 피가 계속 흘러나왔다.

"제…… 제발 우리 애만이라도……."

아이 엄마는 그 말을 끝으로 정신을 잃었는지 더 이

상 움직이지 않았다.

발을 동동 구르는 서희와 달리 주인은 재빨리 뒤로 돌아 윤추를 노려보았다.

"이제 결정할 때가 왔어요. 오해를 풀든지 도망치든지."

주인은 그렇게 말하고 윤추를 자유롭게 풀어 주었다.

"아이를 살릴 수 있는 건 윤추 씨뿐이에요."

"그게 무슨……."

"나도 정확히는 몰라요. 옷으로는 한계가 있으니까. 하지만 윤추 씨는 한번 자신의 본모습을 결정하고 두 번 다시 생각해 보지 않았을 거예요. 늘 다른 사람의 생명을 빨아들인다고만 생각했으니까. 그렇죠?"

윤추가 대답했다.

"예."

"그게 사실이라고 쳐요. 하지만 전부가 아니라면? 싫다고 겁먹는 데 그치지 않고 막겠다고 생각해 본 적은 없어요? 생명이 꺼져 가는 사람에게 주려고 해 본 적은 없어요?"

윤추는 얼떨결에 고개를 위아래로 흔들었다.

"남을 해치지 않겠다는 마음이야 나쁠 게 없죠. 하지

김창규

만 그걸 핑계로 남을 도울 수 있는데 외면한다면 얘기가 달라요. 정말로 다른 사람을 위하는 마음이 있었다면 지금 저 아이를 살려 보세요."

"다른 방법은⋯⋯."

윤추는 그런 방법이 없다는 걸 깨닫고 입을 다물었다. 구급차가 오기까지는 삼십 분이 걸린다. 찌그러진 차 뒷문을 연다 해도 중상을 입은 아이를 옮기는 건 죽음을 재촉할 뿐이었다.

"없어요. 지금 이 자리에서 확인해 보세요. 우리가 아무 일도 못 하면 어차피 이 사람들은 죽어요. 운전자의 생명력이든 애 엄마의 목숨이든 아이에게 나눠 주세요."

윤추는 주인을 옆으로 밀어내고 차에 다가섰다. 생명의 불꽃이 꺼져 가는 아이 엄마의 눈동자에는 마지막 염원이 고스란히 남아 있었다. 윤추는 깨진 유리 너머로 천천히 손을 뻗어서 조금도 움직이지 않는 아이의 이마에 얹었다.

그는 지금까지 단 한 번도 일부러 남의 목숨을 빼앗은 적이 없었기 때문에 반대로 옮기는 방법도 알지 못했다. 그가 이용할 수 있는 것은 주인이 심어 준 의혹뿐이었다. 만약 정말로 내게 그런 힘이 있다면? 내가 어쩔 수 없이 사슬에 묶여 남을 죽이는 사신이 아니라 의지로 생명의 흐름을 조절할 수 있는 존재라면? 이제부터라도 그 힘을 이용해 속죄하며 살아가야 하지 않을까?

윤추는 그러고 싶었다. 무엇보다 지금 이 자리에서 이름 모를 아이를 살리고 싶었다.

그리고 갑자기, 옷으로 그의 착각을 알아내고 생물처럼 움직이는 실 자락을 풀어 그를 찾아냈다는 이상한 사람의 말뜻을 깨달았다. 그가 의지에 따라 한데 모아서 아이에게 전달해 줄 수 있는 것은, 오직 아버지로 보이는 운전자와 어머니의 것뿐이었다.

아이는 그것만으로도 충분히 살아나서 이 세상에 두 번째로 다시 태어났다.

주인과 서희는 유리 파편으로 갈라졌던 아이의 상처가 빠르게 재생하는 광경을 바라보고 있었다.

*

서희는 새벽 수평선을 한아름 안겨 주는 24시간 카페 유리창을 뒤로 한 채 윤추 옆자리에 앉아 있었다. 그는

김창규

눈앞에서 목격한 사고 때문에 슬프면서도 한없이 기뻤다. 구급차가 요란하게 달려와 사망자 두 사람과 생존자 한 사람을 실어 나르는 동안, 윤추가 두 번 다시 떠나지 않겠다고 약속했기 때문이다.

하지만 윤추의 얼굴은 그리 밝지 않았다. 윤추는 머그잔에 담긴 커피와 밀크티를 사이에 두고 한 시간이 넘도록 수선집 주인과 눈싸움만 하고 있었다.

마침내 주인이 먼저 입을 열었다.

"연인은 재회하고 아이는 살았군요. 처참한 교통사고로 부모를 잃었으니 비극이지만 그나마 다행이에요. 저렇게 끔찍한 사고가 벌어지는 도로만 바뀐다면…… 많은 게 달라지겠죠. 더 나은 방향으로."

윤추는 표정을 바꾸지 않고 말했다.

"맞는 말씀이에요. 많은 게 바뀌었죠. 좋지 않은 방향으로."

주인이 밀크티를 홀짝이며 물었다.

"이해를 못 하겠는데요?"

"우리가 모르는 걸 많이 알고 계시잖아요. 설명을 해주셔야 하지 않을까요?"

주인은 버릇처럼 한숨을 쉬었다.

"설명은 많은 걸 망칠 수도 있어요. 입었던 옷을 가져가면 거기서 실을 뽑아서 두 사람을 맺어 주는 수선 가게가 있다? 그런 일도 있을지 모르죠. 저도 모르게 다른 사람의 목숨을 빼앗는 줄 알았던 청년이 알고 보니 의지를 발휘해서 남을 살릴 수도 있었다? 좋은 얘기잖아요. 그냥 그 정도면 되지 않을까요?"

"적어도 스스로 말한 대로 행동해 주시길 바라는 거예요."

윤추가 커피를 잔뜩 들이켜고 대답했다.

"내가 무슨 얘길 했죠?"

"오해는 좋지 않다. 남과 다른 존재라 해도 자신을 분명히 알아야 한다. 살아 있는 한 생각을 멈추면 안 된다."

"잘도 기억하는군요."

"잊을 수가 없죠."

주인은 살짝 고개를 돌려 텅 빈 카페를 한 번 둘러보았다.

"나는 지금 이 자리에서 금시초문이라는 표정으로 나가 버릴 수도 있어요. 강제로 막을 거예요? 나보다 힘도 약하면서. 내가 마음을 바꿀 만한 무언가를 말해 보세

김창규

요. 그럼 얘기할게요."

윤추는 식은 커피를 들여다보았다. 수면에는 아무것
도 비치지 않았다. 그는 마음을 정하고 한 손을 내려 서
희의 오른손을 움켜쥐었다.

"우리는 뭐죠?"

"우리?"

"저와…… 지금 제 앞에 앉아 계시는 분과…… 서희
말입니다. 아까 생명력을 마음대로 움직일 수 있게 됐
을 때, 아이를 살려야 한다는 생각밖에 없다 보니 모두
의 목숨을 조금씩 가져오려 했어요. 아이 부모는 어렵
지 않았지만…… 다른 두 사람은 그럴 수 없었어요. 그
래서 두 가지 사실을 알았죠. 서희는 나 때문에 아프지
않았다. 그리고……."

주인이 윤추의 말을 가로챘다.

"나와 윤추 씨뿐 아니라 서희 씨도 남들과 다르다."

서희가 눈을 크게 뜨고 윤추에게 물었다.

"내가? 착각이겠지. 난 아무 힘도 없잖아?"

윤추는 대답하지 않고 눈짓으로 주인에게 의무를 넘
겼다.

"길고 재미없는 이야기인데 그래도 듣겠어요?"

윤추와 서희가 동시에 고개를 끄덕였다.

"나는 사람이 입던 옷에서 실을 뽑아 앞날을 엮을 수 있어요. 그 힘에 이름을 붙이진 않았어요. 그냥 바느질을 좋아하다 보니 그런 일도 생겼다고 생각했어요. 옷을 다루면 그 사람의 본질도 알 수 있거든요. 앞뒤가 맞죠. 그래야 제대로 이어 주지 않겠어요? 아, 나 그 표정 싫어요. 어떤 옛날이야기를 떠올리는지 알 것 같거든요. 그거 전부 거짓말이에요. 인터넷도 없고 지금보다 사람도 훨씬 적었던 시절에 무슨 소문이 얼마나 퍼졌겠어요?"

서희는 수선집 주인의 어깨가 어제보다 더 아래로 처졌고 얼굴도 갑자기 노화했다고 생각했다.

"몇 년 전인가 울어서 얼굴이 퉁퉁 부은 남자아이 하나가 옷을 고치러 왔길래 오랜만에 재주를 조금 부렸죠. 이 멍청한 녀석이 은혜도 모르고 인터넷에 글을 올린 거예요. 그 뒤론 뭐, 이리저리 옮겨 다녔고. 할 줄 아는 게 도둑질이라고 옷 고치는 건 어쩔 수 없었지만요. 잘 숨었다고 생각했는데 서희 씨가 오더군요. 옷자락을 떼어 보고 놀랐어요. 달랐거든요. 나이가 들어서 착각을 했나 싶어 시험해 봤어요. 가게 문을 닫아 놓고 다른

김창규

곳에 가 있었는데 찾아오더라고요. 확신했죠. 이 사람은 나와 비슷하다. 오랜만이었어요."

서희는 동광 아파트 단지의 정자를 떠올리고 저도 모르게 신음했다.

주인이 미소 지었다.

"아마 서희 씨는 지금까지 뭔가를 찾으러 나서서 실패한 적이 없었을 거예요. 윤추 씨는 절대 도망칠 수 없는 사람한테 붙잡힌 셈이죠. 그리고 윤추 씨야 뭐, 말할 필요가 없을 테고."

윤추는 주인이 그 정도에서 말을 거두려 하자 다급히 물었다.

"우리 셋이 전부 비슷하다는 건 알아들었어요. 그럼 도대체 우리는 뭐죠?"

"나도 그걸 알기까지 오래 걸렸어요. 연구해 주는 사람도 없었죠. 물론 연구 대상이 되면 더 끔찍하겠지만. 아주 가끔씩 동류를 마주쳐요. 이번처럼 둘을 동시에 만난 건 이례적이고요. 음…… 십 년에 한 명쯤? 그럼 잘 사느냐, 그동안 어땠느냐, 우린 도대체 뭘까 넋두리를 하죠. 그렇게 삼사십 명 정도 만나고 나니 감이 오긴 했어요. 우린……."

서희가 침을 꿀꺽 삼켰다.

"우린…… 이름은 따로 못 붙였어요. 우린, 뭐랄까, 사람의 자식이에요."

윤추가 반사적으로 대답했다.

"전 어머니와 아버지가 누구인지 모르는데요."

서희가 윤추를 마주보고 말했다.

"저도 그래요."

주인은 그것 보라는 듯 고개를 끄덕였다.

"나도 마찬가지예요. 오래 살다 보니 그조차 가물거리지만 아마 그럴 거예요. 내 말은 비유예요. 우린 사람들의 소망이자 저주예요. 세상엔 눈에 보이지 않는 규칙이 있다고 믿는 사람들이 있잖아요. 비현실적인 힘을 가진 존재가 있기를 바라는 사람도 있고요. 물론 음험한 욕망을 품은 사람도 많죠."

주인은 잠시 불쾌한 기억이 떠올랐는지 몸을 떨었다.

"어쨌든 그 가운데 공통된 부분이 어느 크기 이상 모이면…… 우리가 태어나요. 내가 얻은 답은 그래요."

서희가 말했다.

"그게 사실이라면…… 저는 잃고 싶지 않다는 소망의 화신이고, 윤추는 누군가 인간의 생명력을 만지고 나눌 수 있다는 상상의 결과고…….”

서희는 '인간'이란 단어에 일부러 힘을 주었다. 수선 가게 주인은 그를 만난 뒤 처음으로 소리 내어 웃었다.

“나는 실로 연인의 만남을 관장하는 존재겠죠. 사람들이란 참 안 변한다니까. 옛날에 파란 실과 붉은 실이 어떻다는 괴상한 얘기가 있었거든요. 어쨌든 내가 지금까지 말한 건 어디까지나 소문과 의견을 듣고 내린 결론에 불과해요. 그리고…… 서희 씨, 우리 가게에 왔을 때 병풍에서 고리 모양을 보고 이끌렸던 것 기억해요? 나는 아직 철이 없던 시절에 우리의 공통점을 찾으려고 노력했어요. 그래서 얻은 게 그 문양이에요. 우리는 그걸 알아봐요. 어느 책에도 없는 문양이지만 아마 우리의 기원과 관계가 있나 봐요. 내가 알아낸 건 그게 전부예요.”

윤추가 말했다.

“그럼 우리가 앞으로 어떻게 살아야 하는지도 모르시겠군요.”

주인이 크게 고개를 저었다.

“아뇨. 오히려 그건 쉬워요. 다른 길이 없거든요. 그냥 사세요. 그 힘으로 어디 가서 의사 흉내라도 내고 싶어요? 아니죠? 인간의 생각이 모여서 우리가 태어났다면 그 반대도 가능하니까…… 그때까지 행복하면 돼요."

주인은 더 이상 아무 말도 하지 않았다.

서희와 윤추도 마찬가지였다.

수선집 주인의 추측이 전부 틀렸다 해도 그의 마지막 말은 옳았다. 세 사람은 이제 해가 수평선을 밀어 올리고 떠오르기를 기다렸다가 첫차를 타고 싶었다. 그리고 서로 교차하지 않는 곳에서, 다행히 인간과 전혀 다르지 않은 외모를 방패 삼아 사람처럼 살아가고 싶었다. 인간의 소망과 저주와 상상이 언제 크게 바뀌어 이 세상에서 소리 없이 그들을 지울지 알 수 없었기 때문이다.

그들에게도 삶은 무엇보다 소중했다.

김창규

2005년 과학기술 창작문예 중편 부문에 당선되었다. 제1회, 3회, 4회 SF 어워드 단편 부문 대상, 제2회 SF 어워드 우수상을 수상했다. 작품집으로 『우리가 추방된 세계』 『삼사라』가 있고, 다수의 공동 SF 단편집에 참여했다. 『뉴로맨서』 『이중도시』 등을 번역했으며 창작 활동 외에도 SF 관련 강의를 다수 진행하고 있다.

주로 SF 소설을 써 온 내가 허구의 범위와 역할과 구성을 늘 고민한다고 말하면 고개를 갸웃거리는 지인들이 있다. SF가 허구의 장점을 극한까지 끌어올리는 장르이다 보니 그만큼 설계와 창작에서 자유롭다고 생각하기 때문이다.

하나 아는 사람은 알 것이다. 적어도 창작에 있어서만큼은 자유와 책임이 한 몸이라는 점을. SF 속 세계는 종종 자유로운 착상에서 출발하지만 얼마 가지 않아 제 무게를 못 견디고 휘청거리게 마련이다. 그 세계에 사람(이나 외계인이나 인공지능)이 살고 이야기가 배어들려면 무너지지 않도록 설득력이라는 이름의 기둥을 세워 주어야 한다. 기둥을 너무 많이 삽입하면 본말이 전도되므로 보강 작업을 최소로 줄일 필요도 있다.

처음 글을 제안받은 자리에서, 사실과 증거를 추구하는 과학자분들이 허구를 지어낸다는 취지를 들으면서, 나는 창작의 즐거움이 다양하다는 점을 새삼 떠올리고 있었다. 정교하게 더하고 덜어내는 설계의 재미가 그 가운데 하나이지만, 소묘와 추상화의 중간 지점을 여유롭게 가로지르는 재미도 있다. 그렇다면 나는 이 기회에 설계도를 덮고 한동안 뒤로 미뤄 두었던 산책에 나서 볼까 마음먹었다.

결과를 놓고 보니 느긋하게 거닐지 못한 모양이다. 나는 다른 펜을 손에 쥐고, 색이 다른 도면을 그리고, 집을 만들고 말았다. 제 결벽을 새삼 깨닫는 것만큼 우습고 자극적인 일은 드물다. 이왕 이리 된 참에 그 자극을 원동력 삼아서 비유와 상징으로 빚은 마을까지 세워 볼 생각이다.

뭐, 이야기란 늘 그렇게 증식하는 것 아닐까.

동방홍 원정기

이종필

콰르르르 쿵쿵쿵 콰르르르.

건물을 울리는 천둥소리에 노규홍은 잠을 깼다. 조명이 켜졌다 꺼졌다 하는 것처럼 번개가 번쩍거렸다.

한참 늘어지게 잘 자고 있었는데…… 쳇.

의자에 비스듬히 기대 잠을 자던 노규홍은 게슴츠레 눈을 뜨고 손목시계와 창밖을 번갈아 보았다. 오후 네 시가 조금 넘은 시각인데도 밖은 컴컴했다.

금요일 오후의 고등과학원은 한산했다. 홍릉과 담벼락을 같이 쓰고 있는 고등과학원은 한국과학기술원(KAIST) 부설연구소로 순수과학에 특화된 공간이다. 노규홍은 이곳에서 우주를 연구하고 있는 연구원이다.

어제 너무 달렸나. 아직도 속이 쓰리네. 몸도 무겁고…….

노규홍은 의자에 몸을 파묻은 채 이리저리 뒤척였다. 혼자 쓰는 연구실이지만 워낙 좁다 보니 소파나 접이식 침대를 놓을 자리도 없었다. 아까 두 시에 세미나를 들을 때는 너무 졸리고 힘들어서 후반부 절반은 거의 비몽사몽 상태로 날려 버렸다. 전날 저녁에 시작한 술자리가 새벽까지 이어지는 바람에 간밤에 잠도 제대로 자지 못했다.

세미나가 끝나자마자 노규홍은 연구실로 돌아와 의자를 뒤로 젖히고 잠을 청했다. 하지만 인체의 신비는 참으로 오묘해서 그렇게 졸리던 몸뚱아리를 막상 뉘었을 땐 전혀 잠이 오지 않았다. 좀 전에 세미나에서 들은 내용만 자꾸 머릿속을 맴돌았다. 이름도 잘 생각나지 않는 독일에서 온 연사는 다중 우주 속의 우리 우주가 또 다른 우주, 즉 평행 우주와 어떻게 상호작용을 할 수 있는지, 이를 통해 평행 우주의 흔적을 우리 우주에서 어떻게 찾을 수 있을지에 관해 새로운 아이디어를 제시했다. 기본적으로 입자들 사이의 양자 얽힘을 이용한다는 얘기까지는 생각이 나는데, 구체적으로 그걸 어떻게

이종필

하겠다는 건지는 잘 떠오르지 않았다.

내가 거기서부터 잠들었구나.

노규홍은 몸을 뒤척이며 강연을 듣다 잠들기까지의 과정을 복기하고 있었다.

노규홍을 깨운 천둥 번개는 어느새 폭우를 몰고 왔다. 후드득하는 소리가 들리는가 싶더니 금세 폭포수 쏟아지는 소리로 돌변했다. 연구실 창문을 때리는 소리가 너무 커서 이러다 유리창이 깨지는 건 아닐까 하는 걱정이 들 정도였다. 순간적으로 노규홍은 유리창이 깨지기 위해서는 빗방울의 질량과 속도가 얼마여야 할까 잠시 머리를 굴리다가 이내 관두었다. 숙취도 완전히 풀리지 않은 데다 어설프게 의자에 기대서 잔 탓에 좀 어지러웠다.

경희의료원 앞에 있는 순댓국집 가서 해장이나 제대로 하고 일찍 들어가야겠네. 원래 이렇게 비도 오고 으슬으슬한 날엔 뜨끈한 순댓국이 딱이지.

6월의 초여름 날씨인데도 쏟아지는 폭우 덕분에 공기는 서늘하기까지 했다.

순댓국 생각에 노규홍의 입가에는 미소가 슬쩍 번졌다.

노규홍은 의자에 기대 누웠던 몸을 일으켜 앉아서

는 책상 구석에 놓아둔 텀블러를 들어 단숨에 들이켰다. 아까 세미나 들어갈 때 커피를 가득 채워 가져갔으나 계속 조느라 마시지도 못한 커피가 그대로 남아 있었다. 어차피 지금은 논문이 눈에 들어오지도 않을 테니 주말 내내 집에서 읽을 생각으로 논문과 연구 노트를 주섬주섬 챙겼다.

부우우우웅, 부우우우웅, 부우우우웅.

휴대 전화가 울렸다. 모르는 번호였다.

짐을 챙기던 노규홍이 전화를 받았다. 평소 같으면 무시했을 텐데 아직 잠이 덜 깨 그런지 너그러운 마음이었다.

"여보세요?"

"여보세요? 혹시 고등과학원 노규홍 박사님 되십니까?"

"네 맞습니다. 누구세요?"

"아, 저는 마포경찰서 강력1팀 박형철 형사입니다. 다름이 아니라…… 혹시 강영수 씨라고 아시나요? 삼한출판사 사장님요."

"네, 잘 압니다. 근데, 무슨 일인가요?"

"강영수 씨가 오늘 낮 열두 시쯤 급사하셨습니다. 그

이종필

래서 뭐 좀 여쭈어 보려구요."

"네? 사장님이요? 돌아가셨다고요? 왜요?"

노규홍의 머릿속이 갑자기 하얘졌다.

오늘 새벽까지 같이 달렸던 사람 중 한 명이 바로 강영수 사장 아니었던가. 그런 그가 왜 급사를? 술을 많이 마셔서 심장마비라도 온 건가? 아니면 내가 아직 술이 덜 깼나?

"그게…… 저희도 사인을 조사 중입니다만…… 오늘 정오쯤에 서교동에 있는 동방홍이라는 중국집에서 갑자기 돌아가셨는데요……. 상식적으로 좀 이해가 안 가는 부분이 많아서요."

"동방홍이라고요? 거기서 오늘 새벽까지 같이 술을 마셨는데……."

"네, 저희가 여기저기 알아보니까 오늘 새벽까지 동방홍에서 지인들과 술을 마셨다고 해서…… 사망자 휴대 전화를 확보해서 어제 술자리에 있었던 분들께 지금 이렇게 전화 드리는 겁니다. 혹시 어제 술자리에 같이 있었던 분들이 누구누구였는지 말씀해 주실 수 있을까요?"

"강영수 사장님하고 저하고, 대한방송 김희주 기자님

등등 해서 총 열 명이었던 거 같습니다."

"네, 저희가 파악한 명단하고 똑같네요. 협조 감사합니다. 지금 이분들께 일일이 확인 중이긴 한데요."

"그분이 돌아가신 이유가 어제 술자리하고 관계가 있습니까? 혹시 심장마비 같은 걸로 돌아가신 건가요?"

"그게…… 지금 전화로 말씀드리기가 좀 어렵습니다. 제가 직접 찾아뵙고 자초지종을 말씀드리고 협조를 구하면 제일 좋은데…… 이번 사건이 워낙 해괴해서…… 좀 번거롭더라도 시간 되시면 혹시 서교동 동방홍으로 와 주실 수 있을까요?"

"동방홍으로요? 언제요?"

"지금 어제 모이신 분들께 연락 중인데요, 가능하면 오늘 저녁에 다 같이 모였으면 해서요."

"네…… 뭐 그러시다면…… 저는 괜찮긴 합니다. 집에 잠깐 들렀다 출발하면 일곱 시쯤 도착할 수 있겠네요."

"아, 정말 고맙습니다. 그럼 일곱 시에 뵙지요. 날씨도 안 좋은데, 오라 가라 해서 죄송합니다만…… 이번 사건이 너무 이상하고 잘 이해가 안 돼서요."

"사장님께서 대체 어떻게 돌아가셨길래 그러시나

이종필

요?"

"그게…… 갑자기 온몸이 불타서…… 등신불이 돼 버렸습니다."

*

노규홍은 집에 들러 짐을 풀어 놓고 서교동을 향해 다시 길을 나섰다. 폭우는 멈추지 않았다.

이 길을 오늘 또 가게 될 줄이야.

동방홍 가는 길. 지하철 6호선 고려대역으로 향하면서 노규홍은 이렇게 생각했다. 그러나 마포경찰서의 박형철 형사와 통화를 하고 난 뒤에는 '등신불'이라는 한 단어가 노규홍의 머릿속을 꽉 채우고 있었다.

등신불이라면 학창 시절 교과서에서 봤던 김동리 작가의 소설에나 나오는 그 등신불? 그게 정말 현실에 등장했다는 건가? 그럼 강영수 사장이 스스로 자기 몸에 불을 붙였다는 말인가? 아니면 누군가 다른 사람이 강영수 몸을 태웠나?

자살이면 자살인 대로, 타살이면 타살인 대로 이상한 일이었다.

노규홍의 마음 한구석에는 목구멍에 걸린 생선 가시처럼 뭔가 찜찜한 게 하나 남아 있었다. 처음에는 강영수 사장의 죽음 자체가 너무 충격적이어서 정신을 못 차릴 지경이었지만 차차 마음이 진정되면서 자꾸 그 '생선 가시'가 신경 쓰였다.

전날인 목요일, 서교동의 동방홍에 가기 전 노규홍은 식당의 정확한 위치를 파악하기 위해 그 전날 밤, 그러니까 수요일 밤 집에서 인터넷으로 검색을 했다. 강영수가 운영하는 삼한출판사는 홍대 유흥가에서 서교동 쪽으로 조금 들어간 주택가의 일반 주택을 개조해 사옥으로 쓰고 있었다. 노규홍은 삼한출판사에서 우주론 책을 번역한 적이 있어 이 사옥을 한두 번 드나들었다. 동방홍은 삼한출판사 사옥에서 대여섯 블록 정도 유흥가 쪽으로 더 가야 한다. 노규홍은 강영수 사장에게서 동방홍이라는 중국집 얘기를 많이 듣긴 했지만 직접 가서 식사를 하거나 술을 마신 적은 없었다. 동방홍은 삼한출판사 전속 식당이라 불릴 정도로 강영수 사장과 직원들이 즐겨 찾는 중국집이었다. 언제 한번 같이 동방홍에서 술 한잔하자고 했던 게 바로 어제였다.

수요일 밤, 인터넷 포털 사이트에서 동방홍의 위치를

이종필

검색하던 노규홍은 동방홍과 관련된 다른 검색 결과도 함께 보게 되었다. 원래 동방홍은 중국의 비공식 국가(國歌)이다. 노규홍도 그 정도는 어렴풋이 알고 있었다.

노규홍의 시선을 끌었던 검색 결과는 '역사위키'라는 사이트에서 제공한 내용이었다. 여기에 따르면 동방홍은 고구려 시대 요하강 근처에 있던 후한의 성으로, 태조대왕 시절인 서기 100년쯤 되던 무렵 고구려가 요하강 서쪽, 즉 요서지역으로 진출하는 데에 결정적인 역할을 한 성이었다. 이때 고구려의 군대가 동방홍을 함락한 전투가 〈동방홍 원정기〉에 기록돼 있으나 이 문헌은 지금 남아 있지 않다. 다만 동방홍 전투가 워낙 중요한 전투였던 만큼 이런저런 소문들이 계속 전해져 온다.

동방홍 전투에서 가장 기이한 대목은 동방홍의 군대를 지휘하던 대장군 복대영의 최후였다. 복대영은 패색이 짙어지자 성벽에 올라 온몸에 기름을 끼얹고 정좌한 뒤 불을 댕겼다. 일찍이 불교를 받아들였던 복대영은 지극한 불심으로 죽어서도 끝까지 성을 지키고자 했다. 김동리의 소설에서처럼 이날 동방홍에는 억수 같은 비가 퍼부었으나 복대영의 몸뚱아리는 장대비에도 아랑곳하지 않고 활활 타올랐다고 한다. 복대영은 극한의 고통 속에서도 항마촉지인 자세를 유지했다고 전해진다.

박형철 형사로부터 '등신불'이라는 말을 들었을 때 노규홍은 전날 읽은 〈동방홍 원정기〉의 내용이 퍼뜩 떠올랐다. 과학 전공자지만 나름 역사 덕후라고 자부했는데, 지금껏 한 번도 들어 본 적 없는 이야기여서 출처를 의심하고 있었다. 그러나 강영수 사장의 죽음이라는 사실이 너무 크게 노규홍을 짓눌렀기 때문에 〈동방홍 원정기〉는 뇌리의 구석에 처박혀 있다가 간간이 목에 걸린 가시마냥 노규홍의 머리 한 편을 부지불식중에 찌르고 있었다. 노규홍이 다시 그 생선 가시에 집중해야겠다는 생각으로 스마트폰을 꺼내 전날처럼 동방홍을 검색하려는 순간, 지하철 6호선이 막 합정역에 들어서고 있었다.

중국집 동방홍 앞에는 폴리스라인이 쳐져 있었다. 그 옆으로 비가 조금만 더 세차게 내리면 찢어질 것처럼 위태로운 비옷을 입은 경찰 두 명이 현장을 지키고 있었다. 노규홍은 출입을 제지하는 두 사람에게 자신의 신분을 밝힌 뒤 폴리스라인을 걷고 안으로 들어갔다. 아까 통화했던 박형철 형사가 노규홍을 맞았다. 박형철은 먼저 노규홍을 사건이 일어난 조그만 방으로 안내했

이종필

다. 노규홍에게는 익숙한 방이었다. 바로 전날, 아니 오늘 새벽까지 여기서 술을 마셨으니까. 방 안에는 퀴퀴한 술 냄새가 아직 남아 있었다. 커다란 원탁 주변에 꺼멓게 그을린 의자 하나가 놓여 있었다. 아마도 저 자리에서 강영수 사장이 변을 당한 모양이었다.

강 사장님이 어제도 저 자리에 앉았던 거 같은데…….

노규홍이 속으로 이렇게 생각하고 있는데 박 형사가 입을 열었다.

"바로 그 자리에서 강영수 사장이 사망했습니다. 숯검댕이가 돼서요."

"그럼 사장님 몸에서 불이 활활 타올랐다는 건가요?"

"네, 이 집 사장인 왕덕룽 씨와 삼한출판사 편집자 강태윤 씨까지, 그렇게 셋이서 점심을 먹고 있었는데, 왕 사장님 증언에 따르면 갑자기 강영수 사장님 몸에 불길이 일었다고 하더군요. 강 사장은 고통에 비명을 질렀고, 놀란 왕 사장이 종업원한테 빨리 소화기를 가져오라고 해서 불을 끄려고 했지만 불이 꺼지지 않았다고 합니다. 다행히 불이 주변으로 번지지는 않았고, 보시다시피 여기 앉았던 자리만 검게 그을렸습니다. 강태윤 씨도 똑같은 진술을 했습니다."

"그런데, 아까 전화로는 등신불이라고 하지 않으셨나요?"

"네, 그게 참 신기한 일인데…… 놀랍게도 시신의 모습이 의자 위에서 가부좌를 틀고 정좌한 뒤에…… 그 뭐냐…… 부처님 손 자세, 수인이라던가? 거 왜 있잖아요. 부처님 손 모양…… 그게 무슨 인이라고 했는데……."

"혹시…… 항마촉지인 말씀인가요?"

노규홍은 자기도 모르게 이렇게 내뱉었다.

"네! 맞아요. 그거. 항마촉지인. 하하. 어떻게 아셨어요? 아무튼 자기 몸에 불이 붙어 활활 타오르는데 강 사장이 비명을 지르면서도 그 몸뚱아리는 태연하게 자세를 잡고 움직이지 않더라는 거죠. 불길은 몸이 새카맣게 다 탄 다음에야 사그라들었답니다. 시신에 금박만 입히면 이건 뭐…… 완전한 등신불이죠. 믿어지십니까?"

박 형사의 대답을 듣고 노규홍의 몸에 소름이 돋았다.

뭐야, 이거? 동방홍에서 항마촉지인의 등신불이라니. 우연치고는 너무 비슷하잖아?

박형철은 놀란 노규홍을 이끌고 중국집 홀의 구석에

이종필

마련된 자리로 갔다. 박형철이 자기 맞은편에 노규홍을 앉혔다. 박형철 옆에는 다른 형사가 노트북을 펼쳐 들고 앉아 있었다. 그 옆에는 휴대용 녹음기가 켜져 있었다.

"이건 뭐 특별한 건 아니고요…… 어제 술자리에서 어떤 일들이 있었는지 확인이 좀 필요해서…… 협조해 주시면 고맙겠습니다."

노규홍은 약간 떨떠름한 표정으로 주위를 둘러보고는 전날 있었던 일들을 담담하게 풀어놓기 시작했다.

전날, 그러니까 목요일 술자리는 특별한 술을 마시기 위한 자리였다. 삼한출판사의 강영수 사장과 도서출판 오월의 책 안형권 사장이 몇 주 전 중국 심양에서 있었던 동아시아 출판인 회의에 참석했다가 중국 동북 지역 최고의 술이라는 타이쯔허주를 구해 오기로 했다. 일반인들에게는 마오타이나 수정방이 유명하지만 진짜 명주만 찾아 마시는 고수들에게는 타이쯔허주가 최고의 술로 꼽힌다. 타이쯔허는 심양이 속해 있는 중국 랴오닝성 랴오양시의 한 구로서 바로 북쪽으로 타이쯔강이 굽이쳐 흘러간다. 타이쯔허주는 바로 이 타이쯔허구에서 만드는 술로, 정확한 제조법은 아직도 비밀로 남아 있다고 한다. 타이쯔허 주업협동조합에서 독점 제조

해 공급하는데, 이 조합원들은 대대로 타이쯔허구 주변에 모여 살며 수백 년 동안 비밀의 술을 만들어 왔다.

강영수와 안형권은 심양에 머무는 동안 하루 시간을 내 심양에서 한 시간 거리인 랴오양에 직접 가서 750밀리리터 타이쯔허주를 두 병씩 사들고 왔다. 그리고 어제 목요일이 바로 이 술을 함께 마시기로 한 날이었다. 장소는 서교동의 동방홍. 참석자는 강영수, 안형권, 노규홍 말고도 여럿 있었다. 우선 동방홍 사장 왕덕룽, 대한방송 과학부 기자 김희주, 번역가 나소영, 도서평론가 우권호, 소설가 박성곤, 선덕여대 교수 이혜진, 만화가 백진주, 그리고 삼한출판사에서 편집장을 맡고 있는 강태윤 등 총 열한 명이었다. 이날 술자리는 동방홍의 가장 안쪽 룸에서 저녁 일곱 시부터 시작되었고, 동방홍의 영업 시간이 끝난 뒤에는 아예 문을 걸어 잠그고 새벽 한 시까지 술을 마셨다.

"그런데, 그 술이 그렇게 엄청난 술인가요?"

노규홍이 잠시 말을 쉬는 사이 박 형사가 불쑥 물었다.

"그럼요. 저도 어제 처음 마셔 봤는데…… 뭐랄까…… 진짜 뭐라고 말로 설명하기 어려운 맛이에요. 정말 비현실적인……. "

이종필

"하아…… 그 정도인가요?"

"그럼요. 맛도 맛이지만, 그 술은 잔에 따라서 불빛을 비춰 보면 옅은 선홍빛을 띠는 걸로도 유명합니다. 그 래서 온갖 전설들이 오래전부터 있었다고 해요. 그 타 이쯔강이라는 게 우리말로 태자강인데, 전국시대 연나 라의 마지막 태자 희단이 진시황을 암살하려다 실패하 곤 이 강에 몸을 던졌다 해요. 태자강이라는 이름은 거 기서 유래한 거고요. 소문에 따르면 태자의 피가 계속 해서 강에 흘러들어 강물이 약간 불그스름한 빛을 띠는 데, 주업협동조합에서 이 핏물을 원료로 해서 술을 빚 는다는 그런 얘기도 있다네요. 그게 바로 타이쯔허 술 맛의 비밀이라고……."

"그것 참 재미있군요. 박사님은 참 아는 것도 많으시 네요. 과학 쪽에서 일하시는 양반이……."

"좋은 술 마시러 가는 자리라 예습을 좀 했지요. 남들 다 아는 척하는데 저만 아무것도 모르고 있으면 그것 도 이상할 것 같고, 이런 이야기를 워낙 좋아하기도 해 서…… 어제 술자리에서도 계속 나온 얘기이기도 하고 요. 타이쯔허주는 태자의 피 맛으로 먹는 술이라고들 했었죠."

"설마 지금도 누군가의 피로 술맛을 내는 건 아니겠죠? 허허."

박 형사는 이 황당한 전설이 강영수의 죽음과는 전혀 연관이 없을 거라는 걸 알면서도 한마디 했다.

"물론 그렇지는 않겠죠…… 그건 그냥 썰이니까……. 안형권 사장님이라고, 강영수 사장님하고 같이 중국 다녀오셨던…… 그분 얘기로는 또 다른 썰도 있대요. 원래 그 술 주조 비법의 기원이 진시황이 아니라 고구려 왕실이었대요. 그런데 그 왕실의 비법을 알아낸 한나라의 첩자가 그 비법이 담긴 문서를 가지고 요동으로 도망을 쳤어요. 고구려 추격군이 끝까지 쫓아가서 그 첩자를 잡아 죽이긴 했는데, 그전에 이미 그 첩자가 고구려 왕실의 비법을 자기가 숨어 지내던 고을의 촌로에게 넘겼대요. 그 지역이 지금의 타이쯔허구였다고 하네요. 그러니까 타이쯔허주에는 고구려 왕실의 비법이 숨겨져 있다나 뭐라나……. 그 비법이 왕실과 국가의 안위와 직결된 모양이에요. 그래서 그때 고구려 태조대왕이 대규모 원정군을 보내기로 했다더라고요."

"박사님은 물리학 박사 아니신가요? 근데 그런 소문을 믿으세요?"

박 형사는 노규형이라는 과학자가 이런 이야기에 큰 관심을 갖고 있는 것이 다소 황당하면서도 재미있게 느껴졌다.

"소문은 소문이니까…… 그냥 재미로 하는 얘기죠. 얘기하다 보니까 지금 막 생각이 났는데……. 실제로 고구려군이 그때 요서로 진출하면서 길목에 있던 동방홍부터 성공적으로 접수했었다는 걸 어디서 봤어요. 그 무용담이 〈동방홍 원정기〉라는 문헌에 기록돼 있다는데 현재 전해지지는 않고요. 물론 그 원정의 이유가 술 때문이라는 건 그냥 술자리 가십이겠지만……."

노규홍은 여기까지 말하고는 잠깐 멈칫했다.

뭐지? 막 얘기하다 보니까…… 뭔가 이상하게 아귀가 맞는 것 같은데. 느낌이 이상해.

갑자기 노규홍의 머릿속이 하얘졌다. 지금까지 무슨 얘기를 하고 있었는지 전혀 생각나지 않았다. 멍하니 할 말을 잊은 노규홍에게 박형철이 웃으며 말했다.

"네. 허허, 그렇군요. 암튼 수고하셨습니다. 실은 지금 저기 안쪽 다른 방에 어제 술자리에 있었던 몇몇 분들이 와 계십니다. 미리 참고인 조사를 받으셨어요. 진술이 다들 일치하네요. 다른 분들도 곧 오신다니까, 안

바쁘시면 같이 식사라도 하고 가시죠. 어려운 발걸음 하셨는데, 저희가 대접해야지요."

*

어제의 용사들,이 아니라 사건에 관계된 사람들이 다시 모였다. 바로 그 방은 아니지만 똑같은 식당, 거의 비슷한 시간이다. 전날과 달리 다들 표정은 침통했다. 팔보채, 탕수육, 깐쇼새우, 라조기 등이 요리로 나와 있었고, 고량주가 테이블에 올랐다. 아마도 이 요리를 다 먹고 나면 개인별 식사가 제공되겠지만 아무도 식사나 요리엔 관심이 없어 보였다. 대신에 고량주가 비는 속도는 무척 빨랐다.

무거운 침묵을 깨고 도서평론가 우권호가 입을 열었다.

"어떻게 하루 만에 이런 일이…… 이렇게 해장술을 먹게 될 줄이야……."

옆에 앉은 오월의 책 안형권 사장은 흐느껴 울기 시작했다.

"영수 형, 이렇게 허망하게 가시다니…… 바로 어제까지 멀쩡하게 같이 있었는데…… 이게 무슨 일이래.

이종필

흑흑."

　노규홍은 아까부터 굳은 표정으로 스마트폰을 들고 열심히 뭔가를 검색하고 있었다. 옆에 앉은 만화가 백진주가 그런 노규홍을 쳐다보며 말했다.

　"근데 지금 이런 상황이 과학적으로 설명이 되는 건가요? 갑자기 멀쩡한 몸이 불에 타 버리다니요? 노 박사님, 그리고 이혜진 교수님, 두 분은 과학자시니까 지금 이 사태에 대해서 뭔가 과학적인 해설을 해 주셔야 하는 거 아닌가요?"

　김희주 기자도 거들었다.

　"저도 과학 기자라 이 사건을 어떻게든 취재해서 보도를 하긴 해야겠는데……. 어디서부터 뭘 어떻게 써야 할지 모르겠네요. 직접 겪은 저희도 안 믿기는데 이걸 기사로 내보내면 믿을 사람이 있긴 할까요? 두 분 생각은 어떠세요?"

　"……이게 현상적으로 말하자면 인체 발화인데요."

　"인체 발화? 사람 몸에 그냥 불이 붙는 그런 거요? 그게 실제 가능해요?"

　백진주가 물었다. 김희주가 주위를 둘러보며 말했다.

　"전 세계적으로 이백여 건 정도 보고된 게 있긴 해요.

물론 그 진위가 의심스럽긴 하지만요. 1951년 미국의 메리 할머니 사건이 유명하고요. 재밌게도 정약용이 쓴 『흠흠신서』에도 인체 발화 사건이 기록돼 있어요. 하지만 이렇게 직접 겪은 저희도 안 믿기는데…….”

이혜진 교수와 노규홍도 그저 서로 빤히 쳐다볼 뿐이었다. 이혜진이 먼저 말문을 열었다.

“이건 솔직히…… 지금 우리가 아는 과학으로는 설명하기가 좀 어렵죠. 누군가 몰래 불을 질렀다거나 시한폭탄 같은 장치를 미리 해 뒀다거나…… 뭐 그런 게 아니라면 어떻게 이런 일이 가능하겠어요?”

계속 얘기를 듣고만 있던 동방홍 사장 왕덕룽이 입을 열었다.

“제가 목격한 바로는…… 강 사장님은 평소와 전혀 다르지 않았습니다. 멀쩡했어요. 누가 불을 지르지도 않았고…… 물론 제가 불을 지르지도 않았고요. 불을 질렀다면 불을 지른 뭔가가 현장에서 나왔어야 하는데 경찰 조사에서도 그런 게 발견되지 않았어요. 당연하죠. 애초에 그렇게 불이 붙은 게 아니니까. 그리고 강 사장 몸에 뭔가가 장치돼 있었다? 그것도 아니라고 봐요. 그랬다면 본인이 그걸 몰랐을 리도 없고 스스로 그

이종필

런 장치를 달 이유도 없고…… 그런 흔적이 발견되지도 않았어요. 정말 믿기 힘드시겠지만…… 정말 그냥 갑자기…… 순식간에 강 사장 몸에서 불길이 확 일어났다니까요."

번역가 나소영이 강태윤 편집장을 바라보며 말했다.

"강태윤 팀장님, 팀장님도 낮에 같이 식사했다면서요? 이게 다 사실이에요?"

"네, 사실입니다. 저도 제 눈으로 똑똑히 봤는데…… 지금도 잘 믿기질 않아요. 어떻게 이런 일이 벌어졌는지……."

강태윤은 말끝을 흐리면서 약간 흐느꼈다. 나소영은 노규홍을 쳐다보고 따지듯이 물었다.

"노 박사님도 뭐라고 한 말씀 좀 해 주세요. 지금 이 사건을 어떻게 받아들여야 할지……."

"이런 말씀 드리는 게 어떨지 모르겠는데……."

노규홍이 머뭇거리면서 조심스레 입을 열었다.

"제가 어제 여기 동방홍에 오기 전에 검색을 해 봤는데, 역사위키라는 재미있는 사이트가 있더라고요. 거기 보면 〈동방홍 원정기〉라는 문헌이 나옵니다. 고구려군이 요서로 가는 길목에 있는 동방홍이라는 성을 함락한 이야기인데, 그때 동방홍을 지키던 군대의 대장군이었던 복대영이라는 자가 성을 지키기 위해 자기 몸을 불살랐다는 얘기가 나옵니다. 그런데 그 자세가 항마촉지인을 한 부처의 모습이었다고……."

"항마촉지인? 그게 뭔가요?"

강태윤이 물었다. 노규홍이 강태윤을 바라보며 대답했다.

"부처님 수인 중의 하나인데…… 놀랍게도 강영수 사장님 돌아가실 때도…… 똑같은 자세였다고 하네요. 아까 형사분 이야기로는."

갑자기 좌중이 조용해졌다. 우권호가 노규홍을 보고 소리쳤다.

"아니 뭐야 그럼. 그 사이트에 나와 있는 대로 지금 이 사달이 났다는 건가요? 동방홍에서 누군가가 항마촉지인 자세로 몸이 불타 버린 게?"

만화가 백진주가 피식 웃으며 약간 빈정대는 투로 말했다.

"에이 설마요. 그 무슨 말도 안 되는 만화 같은 소리를 과학자가……. 우리 만화가들도 그런 만화는 안 그려요. 그리고 어제 술자리에서 〈동방홍 원정기〉 얘기는

이종필

전혀 안 하셨잖아요?"

노규홍은 옆에 앉은 백진주를 쳐다보며 자초지종을
설명하기 시작했다.

"어제는 그냥 스쳐 지나가면서 본 거라 시답잖은 얘
기인가 보다 하고 잊고 있었어요. 사실 저는 태자강 일
화에 더 꽂혀 있었거든요. 핏빛 강물로 술을 만든다는
얘기…… 〈동방홍 원정기〉는 오늘 사건 얘기를 듣고 나
서야 다시 생각나서 자세히 들여다본 거고요. 근데 놀
라운 건……."

노규홍의 이 말에 다시 좌중이 조용해졌다.

"……아까 확인해 보니까 그 사이트 내용이 그새 업
데이트 되었어요. 분명히 엊그제 보지 못한 내용들이
적혀 있더라고요."

"그래요? 확실해요?"

이혜진이 놀란 눈을 크게 뜨고 노규홍에게 물었다.
노규홍이 이혜진을 쳐다보고 말했다.

"확실합니다."

나소영이 조심스럽게 입을 열었다.

"어떤 내용인데요?"

노규홍은 나소영에게 고개를 돌렸다. 노규홍은 잠시

머뭇거리다가 자신이 본 내용을 설명하기 시작했다.

"그게…… 고구려의 원정대를 이끈 여덟 장군이……
숯검댕이가 된 복대영 대장군의 시신을 수습한 뒤에,
그 부장과 동방홍 성주를 붙잡아서 취조한 얘기가 나옵
니다."

소설가 박성곤이 이맛살을 살짝 찌푸리며 끼어들었다.

"그럼 지금…… 노 박사님이 결국 말씀하시려는
게…… 강영수 사장이 동방홍에서 불타 죽은 거나 그
뒤에 우리가 지금 이렇게 모여 앉아 있는 게…… 역사
위키인가 뭔가 하는 그 사이트에 있는 내용과 일치한
다, 뭐 그런 얘기를 하시고 싶은 건가요?"

노규홍은 박성곤을 쳐다보며 슬쩍 고개를 끄덕이고
는 계속 말을 이어 나갔다.

"더 놀라운 건……."

여기까지 말하고는 노규홍이 고개를 돌려 안형권을
쳐다보았다.

"…… 이때 취조한 내용이…… 고구려 왕실에서 대대
로 전해 내려오는 어떤 신비한 술의 제조 비법에 관한
것이었다고 합니다. 그 비밀을 복대영이 어디로 빼돌렸
는지 그걸 알아내려고요."

이종필

"뭐라고요?"

안형권의 눈이 커지며 큰 소리로 외쳤다.

"아니 그럼, 타이쯔허주의 기원이 고구려 왕실이었다는 속설이…… 그게 사실이란 말인가요?"

"적어도 역사위키에 따르면…… 그런 셈이죠. 그리고 이 내용은 분명 엊그제까지는 없었습니다. 어제 아니면 오늘 업데이트 된 게 확실합니다."

박성곤 작가는 아까의 자기 추리를 좀 더 발전시켰다.

"그러니까, 노 박사가 말하려는 게, 지금 우리가 처한 이 현실이…… 역사위키를 그대로 따라가고 있다?"

"……그런 의심을 지울 수가 없습니다. 어쨌든 어제 우리가 타이쯔허주를 마신 건 팩트잖아요."

김희주 기자가 피식 웃으면서 비웃듯이 말했다.

"아니, 지금 이 마당에 그런 농담이 나와요? 위키 사이트야 누구든 그냥 업데이트할 수 있는 거고…… 그거랑 지금 이 사건이랑 대체 무슨 상관이라는 거예요? 그건 과거에 있었던 일이잖아요? 역사에 기록된 내용인지 아닌지도 모르는 거고요. 그런데 그 얘길 과학 하신다는 분이……?"

"그래서 제가 생각을 좀 해 봤는데……. 이럴 가능성

은 있어요."

가능성이라는 말에 모두들 몸을 바짝 노규홍 쪽으로 움직였다. 노규홍은 그렇게 가까이 모인 사람들에게 조심스럽게 말했다.

"그러니까 이건 어디까지나 그냥 가정일 뿐인데…… 만약 평행 우주가 지금 우리 우주와 어떻게 연결이 돼 있다면…… 그래서 평행 우주에서 일어나야 할 일이 뭔가 어떤 이유로 우리 우주에서 실현되었다면…… 그렇다면 지금 이 기괴한 현실을 설명할 수도 있을 거 같아요."

우권호 평론가가 약간 짜증이 묻어나는 목소리로 물었다.

"대체 그게 무슨 소리인지…… 평행 우주라니요?"

옆에 있던 이혜진 교수가 우권호를 쳐다보며 노규홍 대신 설명했다.

"그러니까 노 박사 말은, 〈동방홍 원정기〉의 내용이 실현되는 평행 우주가 있는데, 거기서 옛날의 누군가가 등신불 모양으로 불타 죽어야 하는데, 그게 지금 여차저차해서, 우리 우주에서 강영수 사장의 죽음으로 드러난 거다?"

이종필

"빙고. 역시 교수님이십니다."

여태 가만히 듣고 있던 강태윤 편집장이 어이없다는 표정으로 뇌까렸다.

"에이, 그런 말도 안 되는 소리가 어딨어요?"

"저도 굉장히 황당합니다만……. 저의 가설이 지금 일어나고 있는 모든 현상을 설명하는 한 가지 유력한 수단인 것만은 확실합니다. 그리고 역사위키는 우리 우주와 평행 우주를 연결해 주는 일종의 통로 역할을 하고 있고요."

나소영은 여전히 황당하다는 듯한 표정으로 물었다.

"아니 그렇다 하더라도, 어떻게 다른 우주에서 일어날 일이 우리 우주에서 일어날 수가 있어요?"

"좋은 질문입니다. 저도 그건 잘 모르겠어요. 다만 양자 역학에 따르면 관측 행위가 물리적인 상태를 최종적으로 결정합니다. 그 전에는, 예컨대 동전을 던졌을 때 앞면과 뒷면이 뒤섞여 있는 중첩 상태, 즉 '슈뢰딩거의 고양이' 상태가 됩니다. 어떤 형태로든 관측을 해야 앞면이든 뒷면이든, 산 고양이든 죽은 고양이든 결정이 되죠. 역사위키의 내용이 바로 그 관측의 역할을 하는 거 같아요."

우권호가 갑자기 끼어들었다.

"잠깐만요. 슈레…… 무슨 고양이요? 여기서 고양이가 왜 나와요?"

이혜진 교수가 좀 딱하다는 표정으로 옆에 앉은 우권호를 쳐다보며 말했다.

"슈뢰딩거요, 슈뢰딩거. 오스트리아의 물리학자. 양자 역학의 그 유명한 슈뢰딩거 방정식의 주인공. 그 사람이 고안한 사고 실험이 슈뢰딩거 고양이 실험이잖아요. 고양이를 가둬 놓고 생사를 확인하는 실험……."

"고양이를 왜 가둬? 그거 동물 학대 아닌가요?"

우권호가 심드렁하게 대꾸했다. 여태 심각하게 가라앉은 분위기 속에서 몇몇 사람이 큭큭대고 웃었다. 이혜진은 어이가 없다는 듯 잠시 우권호를 쳐다보고는 숨을 들이켜고 말을 이어 갔다.

"자세한 건 검색해 보시고요, 요점만 말씀드릴게요. 양자 역학의 정통 해석인 코펜하겐 해석이 옳다면 고양이의 상태를 관측하기 전에는 고양이가 살아 있는 상태와 죽은 상태가 중첩된 상태로 있게 된다, 이게 얼마나 황당하냐, 그러니까 애초에 양자 중첩 따위를 얘기하는 코펜하겐 해석이 틀렸다는 게 슈뢰딩거의 주장입니다."

"아니, 고양이가 살았으면 살았고 죽었으면 죽었지, 생사가 중첩돼 있다니, 그 무슨 선문답 같은 소리요? 양자 역학이란 게 사이비 종교 구라하고 똑같구만."

우권호의 이 말에 이번에는 노규홍이 나섰다.

"그게 아니고요, 고양이처럼 거시적인 생명체가 그럴 리는 없죠. 근데 원자 정도의 미시 세계에서는 실제 그런 신기한 일이 벌어져요. 양자 중첩이라는 건 마치 여러 개의 소리가 겹쳐져서 들리는 것과도 같아요. 새 소리, 사람 소리, 바람 소리, 라디오 소리 등등. 그런데 헤드폰을 쓰니까 딱 하나의 소리만 들리는 거예요. 새 소리면 새 소리, 사람 소리면 사람 소리, 이런 식으로요. 문제는 헤드폰을 썼을 때 어떤 소리가 들릴지는 전혀 모른다는 거예요. 단지 확률만 알 수 있어요. 그러니까, 헤드폰을 백 번 썼을 때 사람 소리가 몇 번 들리느냐, 그건 알 수 있다는 거죠."

"그런 황당한 소리가 지금 이 사건하고 무슨 상관이 있다는 건가요?"

이번에는 안형권이 물었다. 모두의 시선이 안형권으로 쏠렸다가 다시 노규홍에게로 몰렸다.

"역사위키가 그 헤드폰 같은 역할을 한다는 거죠. 하

필이면 등신불 소리가 딱 걸린 겁니다. 확률은 매우 낮 겠지만…… 그 확률이 영이 아니라면 무슨 일이든 가능 하다는 게…… 양자 역학의 가르침이죠."

묵묵히 듣고 있던 김희주 기자가 노규홍의 말을 바로 받아서 질문을 이어 갔다.

"그럼 박사님 의견에 따르면, 누군가 역사위키 내용 을 확인한 순간 가능성의 중첩 상태로 있던 과거의 역 사가 하필 우리 우주에서 구현이 되었다, 그런 말씀인 가요?"

"그렇습니다. 우리가 잘 알지 못하는 어떤 이유로 평 행 우주와 우리 우주가 연결이 돼서, 또는 뭔가 혼란이 생겨서, 그쪽 우주에서 구현될 일이 여기서 구현된 거 죠."

"근데 그렇게 두 우주가 막 연결될 수 있나요?"

박성곤이 이렇게 묻자 이번에는 이혜진 교수가 노규 홍 대신 대답에 나섰다.

"양자 얽힘이 작동한다면 우주 끝에서 끝까지라도 연 결돼 있죠. 공간적인 분리는 의미가 없거든요. 근데 그 게 사람 인생사에도 그대로 적용이 된다는 건…… 과학 적으로 믿기 어려운데요."

이종필

"물론 그렇습니다만, 지금으로서는 그것 말고는 이 난리를 설명할 방법이 없어요."

이렇게 말하고 노규홍은 낮에 졸면서 들었던 독일 과학자의 다중 우주 세미나를 떠올렸다.

아까 제대로 좀 들어 둘걸, 내일이라도 연구실에 나가서 한번 관련 내용들을 찾아봐야겠네.

노규홍은 아쉬운 마음이 컸다.

"말도 안 되는 소리예요. 그럼 대체 동방홍 성주는 지금 여기서 누구란 말인가요? 왕덕룡 사장님? 그리고 그 부관인가 하는 사람은 누군가요? 강영수 사장님하고 같이 중국 여행 갔던 저?"

안형권 대표가 얼굴을 붉히면서 큰 소리로 외쳤다. 노규홍이 술잔을 들이켠 뒤에 대답했다.

"굳이 연결하자면…… 그렇게 이해할 수도 있겠네요."

"그럼 뭐야. 내가 한나라군 장수이고 당신네들은 죄다 고구려군 장수라는 얘기인가? 말이 안 되잖아요. 여기 여자분도 이렇게 많은데."

"어머, 저는 여군 출신이잖아요. 하하, 모르셨어요? 그래서 제 만화에 군대 얘기 많은 건데."

백진주가 겸연쩍게 웃으면서 말했다. 그러자 나소영이 놀란 눈으로 백진주와 안형권을 번갈아 쳐다보며 소리쳤다.

"저는 ROTC예요. 어머, 세상에나."

"정말요? 저도 ROTC 출신이잖아요. 우아, 반가워요. 이런 우연이라니."

김희주 기자가 화들짝 놀라며 나소영을 쳐다보고 큰 소리로 외쳤다.

사람들의 눈길이 일제히 이혜진에게 쏠렸다.

"저는 군인 출신은 아닌데…… 제 남편이 현역 군인이에요."

이혜진의 말이 끝나기가 무섭게 홀 안에는 다시 확인하려는 듯 정말? 진짜? 하는 말들이 넘쳐났다. 안형권도 놀란 표정이었지만 짐짓 태연한 듯 표정을 감추고 다시 목소리를 높였다.

"아니, 그럼 여자분들은 그렇다 치고, 나머지 남자 네 명도 군인하고 관계가 있나요?"

"남자들이야 다 군대 갔다 왔을 테니까 어떤 형태로든……. 저는 뭐 군이 따지자면 다들 잘 아시겠지만 청와대 안보실에서 근무했었죠. 그때 경험을 토대로 소

이종필

설을 써서 대박이 난 거고……. 청와대 안보실이 군사 작전과 무관하지 않으니 관련이 있다고도 할 수 있겠네요."

박성곤이 퉁명스럽게 대답했다.

강태윤이 말했다.

"제 아버지께서는 지금, 국방부에서 근무하고 계십니다. 투스타니까 장군이시죠. 저도 군인하고 관계가 있는 셈입니다."

"저는……."

우권호가 좌우를 돌아보며 입을 열었다.

"제 아들이 지금 육군사관학교에서 공부하고 있습니다. 내년이면 임관해요."

사람들의 표정이 조금씩 굳어졌다. 그러더니 노규홍에게 시선이 하나둘 쏠리기 시작했다. 모두가 노규홍의 입만 바라보고 있었다. 순식간에 방 안은 조용해지고 무서운 적막만 흘렀다. 노규홍이 그 적막을 깨뜨렸다.

"저는…… 군인 집안은 아닌데…… 지금 국방부 프로젝트에 하나 참여하고 있습니다."

노규홍의 이 말에 식사 자리는 다시 아수라장으로 변했다.

"와, 말도 안 돼."

"뭐야, 이게 지금?"

"나 지금 소름 돋은 거 봐. 대박."

한동안의 혼란과 소란스러움이 잦아들자 다시 깊은 정적이 이어졌다. 다들 무슨 말을 해야 할지 몰라 멀뚱멀뚱 서로 얼굴만 쳐다보며 침만 삼켰다. 마치 단체로 실어증에 걸린 듯했다. 조금 전까지 말도 안 되는 소리라고 씩씩거리던 안형권도 약간 충격을 받은 듯했다.

심각한 표정으로 골똘히 생각에 잠겨 있던 우권호가 정적을 깨고 무겁게 입을 열었다.

"믿기 어렵지만…… 이 가설을 확인하는 방법이 아주 없진 않겠네요. 역사위키를 계속 체크하면서 정말 업데이트가 계속 되고 있는지, 거기에 따라 우리 현실이 바뀌는지, 그걸 추적해 보면 되잖아요."

우권호의 이 말에 안형권이 버럭 화를 냈다.

"아니, 형님까지 대체 왜 이러십니까? 이런 말도 안 되는 소설 같은 소리를 계속 듣고 있을 건가요? 안 그래도 강 사장님 저렇게 돌아가셔서 기분도 더러운데 이 무슨 망발이에요?"

그러나 이미 김희주 기자를 비롯한 몇몇 사람들은 즉

이종필

시 스마트폰을 꺼내 검색을 시작했다.

"대체 다들 왜 이러십니까? 하, 정말. 전 이만 일어납니다. 먼저 갈게요."

안형권은 남은 술잔을 비우고는 자리를 박차고 일어났다. 우권호가 잡아 보려고 했지만 소용이 없었다. 다른 사람들은 죄다 열심히 스마트폰으로 검색하느라 정신이 없었다. 왕덕룡 사장은 팔짱을 낀 채 이 모든 상황을 지켜보고 있었다. 불만 섞인 목소리들이 여기저기서 터져 나왔다.

"왜 이렇게 로딩에 시간이 많이 걸리지?"

"업데이트할 내용이 많아서 그런 걸까요?"

"지금 네트워크 상태가 안 좋아서 그런 거 아녜요? 날씨가 궂어서……."

그때였다.

"떴다, 떴어."

"어디? 어디? 어? 정말이네?"

순식간에 룸이 조용해졌다. 일 분쯤 지났을까, 짧은 침묵의 순간이 흐른 뒤 사람들이 하나둘씩 외쳤다.

"안형권 사장님? 어디 가셨어요?"

"안 사장님?"

"안 사장님 진짜 가셨나? 언제 갔어요?"

강태윤은 아예 자리에서 일어나 번개같이 밖으로 뛰쳐나갔다.

왕덕룡 사장이 놀란 눈빛으로 옆에 있던 우권호의 스마트폰에 슬쩍 고개를 들이밀었다. 우권호는 그런 왕덕룡을 보고 자신의 스마트폰 화면을 옆으로 밀어 주었다.

우권호의 목소리가 조금 떨렸다.

"이렇게 나와 있네요. 이것도 좀 전에 업데이트 된 모양입니다."

우권호가 보여 준 화면에는 이런 글귀가 적혀 있었다.

……한편 복대영의 부장이었던 주양문은 감시가 소홀해진 틈을 타 말을 훔쳐 타고 달아났으나, 멀리 가지 못하고 낙마해 그 자리에서 숨졌다.

이종필

작가 노트 ─────────────────────────── 이종필

서울대 물리학과를 졸업하고 동 대학원에서 입자 물리학으로 석사, 박사 학위를 받았다. 한국과학기술원 부설 고등과학원, 연세대학교 등에서 재직했다. 현재 건국대학교 상허교양대학 교수로 재직 중이다. 저서로 『스티븐 호킹의 블랙홀』 『이종필의 아주 특별한 상대성 이론 강의』 『물리학 클래식』 등이 있고, 번역서로 『물리의 정석: 고전 역학 편』 『물리의 정석: 양자 역학 편』 『블랙홀 전쟁』 등이 있다.

책 만드는 분들과 글쟁이들이 어울려 술 마시는 일은 드물지 않다. 그런데 언젠가 그렇게 명동 어느 골목에서 술판이 벌어졌다. 한여름 장마가 폭우처럼 쏟아 붓던 저녁, '동방홍'이라는 이름의 중국집에서였다. 그날의 화두는 중국 출장 다녀온 분들이 약속했던, 그러나 끝내 가져오지 못한 마오타이주였다. 유쾌했던 술자리의 여운은 며칠 뒤까지 SNS로 이어졌고 나는 그날의 풍경을 옛날 무협지풍의 댓글로 기록했다. 20세기의 무협지와 21세기의 SNS 댓글이 융합된 '댓글 무협'(그 제목은 당연히 '동방홍 원정기'였

다.)의 반응이 나쁘지 않아 나중에 기회가 되면 이걸 소재로 재미있는 이야기를 써 보리라 생각했다. 마침 이번에 사계절출판사의 도움으로 소박한 뜻을 이루게 되었다.

소설에 등장하는 타이쯔허주 및 그와 관련된 이야기는 모두 가공의 산물이다. 나는 아직 중국 땅에 한 번도 가 보지 못했다. 타이쯔강과 랴오닝성 등은 구글 지도를 보고 알아냈다. 동방홍 원정과 관련된 고구려군 이야기도 물론 지어낸 이야기이다. 처음 「동방홍 원정기」를 구상할 때 고구려 왕실의 비밀 이야기를 하나의 큰 축으로 삼으면 재미있겠다는 생각을 했다. 여기서는 단편으로 구성하다 보니 아주 짧게만 다루었다.

과거와 현재를 연결하는 통로로는 다중 우주를 선택했다. 다중 우주는 그 자체가 SF적인 소재이지만 이제는 학계에서 진지하게 다루는 주제이다. 나와 똑같은 도플갱어가 다른 우주에서 잘 살고 있을지도 모른다는 상상은 누구나 한 번쯤 해 봤을 것이다. 지금은 과학자들도 그런 식의 다른 우주가 있을 가능성을 충분히 고려하고 있다. 다중 우주를 이용하면 과거와 현재를 연결할 때의 각종 모순이나 난점을 쉽게 극복할 수 있다.

고등과학원은 내가 30대 후반 4년을 보낸 연구기관이다. 국내에서는 이론물리학을 연구하기에 최상의 기관이라 할 만하다. 다만 연구원으로서는 최장 4년 밖에 있을 수 없다는 게 아쉬운 점이다. 그 시절 열심히 연구하고 논문 쓰고 책도 쓰고 동료들과 토론했던 기억이 아직도 좋은 추억으로 남아 있다. 사람들에게 잘 알려지지 않은 고등과학원을 이렇게라도 좀 알리고 싶었다. 실제로 동방홍에서 술자리를 가졌을 때는 내가 고등과학원을 떠난 지 한참 뒤였다.

귀환

정경숙

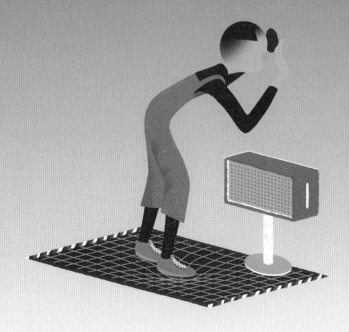

폐광산 바닥에는 다양한 생명체들의 사체가 널려 있었다. 오랫동안 인적이 끊긴 곳이어서 더 이상하게 여겨졌다. 연구원들이 들락거리며 형체를 알아차릴 수 없을 정도로 사체들이 뭉개지는 동안 구토와 설사로 고통받는 연구원들의 수는 점점 더 늘어났다. 그 와중에 한 연구원이 정신 착란 증세를 보이며 다른 연구원을 공격하는 일이 발생했다. 폐쇄된 공간에서 오랫동안 진행된 연구 탓이라는 말이 전해지고 연구팀이 철수하자 폐광산은 다시 조용해졌다. 그때부터 목성 궤도에서 희미하지만 규칙적인 전파 신호가 잡히기 시작했다.

모든 북새통의 원인은 〈심해 미생물 분포 연구 프로

젝트〉에 대한 최종 결과 보고서 제출 때문이었다. 연구원들은 코앞으로 다가온 기한에 맞춰 보고서를 작성하느라 지난 일주일 동안 쉬지 않고 일한 탓에 오랫동안 쌓아 놓은 빨랫감처럼 휴게실 여기저기에 아무렇게나 쓰러져 무참히 코를 골았다. 잠깐 눈을 붙일까 무심코 휴게실 문을 열던 진호는 한여름 매미들의 처절한 울음처럼 귀를 찌르는 코 고는 소리에 놀라 재빨리 문을 닫고 자리로 돌아왔다. 눈을 비비며 다시 작업을 시작한 그는 카페인에 절어 떨리는 손으로 감기는 눈을 거칠게 문질렀다. 그래도 자꾸만 눈이 감겼다.

이틀 동안 잠깐씩 눈을 붙인 시간은 모두 합쳐도 다섯 손가락으로 헤아리기에 충분했다. 전자현미경의 배율을 높이려던 진호의 손이 스르륵 내려왔다. 애써 눈을 부릅뜨던 그가 깜빡 잠이 들던 그 순간이었다. 모니터 화면 속에서 시료 하나가 무서운 속도로 증식하고 분열하더니 순식간에 증발하듯 사라졌다. 다른 시료는 크기가 약간 커진 것 외에 눈에 띄는 변화는 없었다. 컴퓨터 화면에 크기 변화에 대한 문구가 떴다. 책상에서 떨어지는 팔의 무게에 놀라 잠에서 깨며 벌떡 일어선 진호는 컴퓨터 화면에 뜬 시간을 확인했다. 잠깐 컴퓨

정경숙

터 화면에 떠 있던, 크기 변화에 대한 경고 문구는 이미 사라지고 없었다. 그는 시료들을 점검하다 말고 누군가에게 확인이라도 하듯 혼잣말을 했다.

"산소 접촉을 차단한 시료들만 망가지지 않았잖아!"

진호는 망가진 시료들을 정리하고 서둘러 수천 시간 분량의 관찰 자료들을 분류하기 시작했다. 하지만 눈꺼풀을 내리누르는 잠의 중력은 그의 집중력에 반작용을 일으켰다. 졸다 깨다를 반복하며 버티던 진호는 벌떡 일어나 시료 기기를 들고 연구실을 나갔다. 그가 연구실 문을 나서자마자, 컴퓨터 화면에는 크기 변화 문구가 요란스럽게 다시 나타났다.

시료 기기를 닦고 내친김에 세수까지 마친 그는 젖은 머리카락을 쓸어 넘기며 연구실로 돌아왔다. 진호는 자신의 눈을 의심했다. 시료 키트와 연결된 측정 기기 오염 경보가 또 떴기 때문이다. 폐광산에서 우연히 채집해 배양한 심해 생물 시료들은 측정이 진행되는 짧은 순간에도 마치 땅속 깊숙이 뿌리를 내리는 식물처럼 측정 기기 속으로 극렬하게 침투했다. 외부 접촉이 차단되도록 설계한 기기인데도 말이다. 시료 기기를 세척하다가 다친 손가락 끝이 계속 욱신거렸다.

"벌써 몇 번째야! 반복된 오염 경보 때문에 측정 기기 세척에 기기 교체까지 했는데!"

진호는 큰 목소리로 투덜거리다가 전에 없던 행동을 하는 자신을 낯설게 느꼈다. 최근에 부쩍 자기 안에 누군가 다른 이가 살고 있는 것처럼 돌발적인 감정과 생각이 용솟음치곤 했다. 오염 경보가 다시 극렬해지자, 진호는 잡념을 떨쳐냈다. 기기 오염에 오작동, 실험 시료 누출까지 더해지자 시료 측정은 이제 엄두도 낼 수 없었다. 걷잡을 수 없는 파도처럼 짜증이 밀려왔다. '세계 최초 미확인 심해 생물 연구 결과 발표'에 목을 매던 연구소 경영자들의 눈초리는 점점 더 사나워졌고, 연구단의 존폐 위기까지 몰리자 연구단장 브리지트는 점점 더 소속 연구원들을 닦달했다.

"이건 말이 안 된다고!"

지끈거리는 머리를 누르고 생각을 정리하던 진호 뒤로 컴퓨터 패드를 손에 든 브리지트가 연구실 문을 벌컥 열고 급하게 들어왔다. 가뜩이나 큰 그녀의 키가 유난스럽게 더 커 보였다.

"도대체 왜 메시지에 답을 안 하는 거야? 지난 이틀 동안 수치가 계속 증가하고 있어!"

정경숙

그녀는 화면 위에 나타난 그래프 위의 한 지점을 검지로 가리켰다. 채굴이 중지된 광산 깊은 곳으로 내려가 지하수 통로를 타고 올라와 고립된 상태로 채집한 심해 미생물 개체 수는 마치 끊임없이 변종하는 바이러스처럼 끝을 모르고 늘어나고 있었다. 진호의 눈이 검은 동굴처럼 깊어졌다. 눈동자 주위로 붉은 실핏줄이 터져 있었다. 브리지트의 앙칼진 목소리가 진호의 목을 내리눌렀다. 그녀가 쪼아대듯 반복해서 실험 결과를 채근하자, 진호는 배 한가운데 구멍이 뚫린 것처럼 허전하고 불안해졌다. 그 불안함은 꿈틀거리며 커지더니 온 뱃속을 휘젓고 다녔다.

"말도 안 돼! 이렇게 증가할 수 있는 환경이 아니잖아! 이전에 산소에 노출된 시료 배양은 모두 실패해서 철저하게 산소를 차단했잖아!"

화면에 시선을 고정한 채 진호가 건조하게 답했다.

"완전히 차단된 게 아닐지도 몰라요."

그가 대답을 마치기도 전에 측정 기기 오염 경보가 다시 떴다. 진호는 갑자기 머리가 터질 듯이 맥동하는 것을 느꼈다. 그를 밀치고 모니터 화면에 바짝 다가가 앉은 그녀의 눈은 화면에 떠 있던, 시료 샘플의 종류가

쓰인 차트로 향했다.

"바로 이 종류야. 개체 수 증가 패턴이 너무 빠르게 가속되고 있어! 기기 세척에 사용한 용매가 뭐야?"

성이 난 브리지트는 진호가 아무 대답이 없자 뒤를 돌아봤다. 진호는 늘어진 쇳덩이처럼 바닥에 널브러져 있었다. 반쯤 감긴 눈을 껌벅이던 그는 브리지트가 다가오는 것을 무기력하게 올려다보고 있었다. 진호는 그녀가 내민 팔을 잡으려고 손을 뻗다가 이상한 공포감에 휩싸였다. 순간 주체할 수 없는 구토감이 밀려 올라왔다. 그가 그녀의 팔을 고양이처럼 앙칼지게 후려치자 브리지트의 손등엔 새빨간 선이 두 줄 생겼다. 힘을 잃은 진호의 두 눈이 감기는 순간 그가 마지막으로 본 것은 끈적거리는 구토물로 뒤덮인 그녀의 얼굴이었다.

*

휴게실엔 이제 아무도 없었다. 소파는 지쳐 쓰러져 자던 연구원들이 흘린 땀으로 축축하게 젖어 있었다. 브리지트는 축 늘어진 진호를 소파 위로 던졌다. 얼굴에 묻어 있던 구토 물질이 상처 난 손등으로 떨어지자

정경숙

강한 쓰라림이 그녀의 온몸을 훑고 지나갔다. 순간 아주 강력한 약물로 치료받은 것처럼 피곤함이 사라졌다.

브리지트는 소파 위에 널브러진 진호가 규칙적으로 숨을 내쉬며 잠에 빠져드는 것을 조용히 지켜보았다. 아주 가끔 그의 다친 손가락이 움찔거리고 그 끝에서 올리브기름처럼 끈끈한 액체가 방울방울 바닥으로 떨어져 사방으로 굴러다니다가 사라졌다. 브리지트는 휴게실 탁자 위에 놓인 휴지로 얼굴에 남아 있는 구토물의 흔적을 마저 지웠다. 보고서 제출 마감일이 코앞인데도 정신없이 자고 있는 연구원을 바라보며 비현실적인 평화로움을 느꼈다. 마치 자신의 주도하에 게임을 끝낼 수 있는 비장의 무기를 손에 넣은 것 같은 안도감이 찾아왔다. 휴게실을 나가는 브리지트의 얼굴엔 승리의 미소가 환하게 번졌다.

그날 밤, 시내에 있는 병원 응급실들은 유난히 번잡하고 소란스러웠다. 터진 댐에서 뿜어져 나오는 세찬 물줄기처럼 한꺼번에 환자들이 밀려들었다. 도시 이곳저곳의 응급실로 실려 온 사람들의 증상은 한결같았다. 장염 증상에 구토와 설사로 잠에 취한 듯 쓰러지며 정

신을 잃은 그들은 심한 탈수 증상을 보였다. 체내 전해
질 수치가 바닥을 쳤다. 응급 키트를 이용한 검사만으
로도 원인은 티푸스류의 세균 감염으로 보였다. 당직
의사가 정신없이 환자들의 바이털 수치를 보며 응급조
치를 하고 있을 때, 환자들을 후송해 온 구조대원들마
저 가쁜 숨을 몰아쉬며 응급실 바닥에 주저앉기 시작했
다. 땀범벅이 된 그들 역시 하나둘 정신을 잃고 쓰러졌
다. 그들 주위는 온몸의 열린 구멍에서 방울방울 흘러
나온 끈끈한 액체로 둘러싸였다.

응급실은 점점 더 큰 혼란 속으로 빠져들었다. 한 곳
에 고여 있던 액체 방울들은 의료진의 발걸음을 피해
바닷속에 떠다니는 해파리처럼 응급실 바닥을 돌아다
녔다. 사람들의 신발에 달라붙은 끈끈한 액체는 그들의
급한 발걸음을 따라 바닥 여기저기를 훑고 지나갔다.
갑작스러운 응급 상황에 내몰리며 휘둘리던 의료진은,
그걸 알아챌 틈이 없었다. 발걸음에 눌린 액체는 점점
물처럼 연해지더니 급기야 사라지고 말았다.

그 후로도 한동안 응급실의 소란스러움은 가라앉지
않았다. 새벽 햇살이 응급실 입구로 희미하게 들어오기
시작할 무렵, 피곤함에 찌든 의료진의 얼굴에는 이상하

정경숙

리만치 끈끈한 땀방울이 필사적으로 매달려 있었다.

*

진호는 누군가 심하게 흔들어 깨우는 바람에 깜짝 놀라 눈도 제대로 뜨지 못하고 벌떡 일어나 앉았다. 강렬하게 달려드는 빛 때문에 얼굴을 찡그리며 간신히 눈을 떴다. 가늘게 뜬 눈꺼풀 사이로 브리지트의 얼굴이 보였다. 진호는 귓부리를 흔들며 몰려 들어올 책망을 들을 마음의 준비를 했다. 그런데 그녀가 진호의 손을 붙잡고 벌떡 일으켜 세웠다. 단 한 번도 본 적 없는 밝은 표정이었다.

"어서 가야 해! 이번 기회를 놓치면 두 번 다시 기회는 없어!"

진호는 느닷없는 괴력에 질질 끌려 나가며 소리쳤다.

"보고서 마무리 거의 끝나 가요!"

진호를 쏘아보는 브리지트의 얼굴에서 밝은 미소는 사라지고 없었다.

"보고서 따위를 말하는 게 아니야!"

진호에게 브리지트는 늘 두려운 존재였다. 완벽한 실

험과 보고, 연구 결과 전달 능력과 연구비 모집 능력 등 그녀의 활약은 연구단 내에서나 밖에서나 흠잡을 데 없이 완벽했다. 그런 결과를 얻어내기 위해 그녀는 자신에게, 그리고 주변의 연구원들에게도 언제나 최고의 능력을 요구했다. 때로는 가혹한 질책과 모멸감이 매몰차게 스쳐 지나갔다.

1차 연구 활동 때 부상 당한 이후로 그녀의 공격적인 태도는 점점 더 심해졌다. 2차 연구팀의 심해 생명체 채집 활동 중에도 그랬다. 프로젝트의 시발점이 된, 폐광산에서 진행한 고립 심해 생명체 채집 활동 중에도 그랬다. 브리지트는 보름이 넘는 기간 동안 원격으로 탐사에 관여하며 지독하게 채근해 댔다. 인내심 많기로 소문 난 진호마저 견디다 못해 탐사 과정 중에 원격 장치를 꺼 버리기 일쑤였다. 그녀의 공격적인 태도도 두려웠지만 알 수 없는 어떤 존재가 자신을 보호해 주기라도 하듯이 진호의 배짱이 점점 두둑해지기 시작했다.

이 일로 두 사람은 채집이 종료된 이후에도 오랫동안 껄끄러웠다. 말단 연구원인 진호가 연구단을 이끄는 그녀에게 맞선다는 것은 어려운 일이었다. 그런데 깊은 잠을 자고 난 이후여서일까? 진호는 브리지트의 막무

정경숙

가내 지시가 마음에 들지 않자 지금까지 해 본 적 없는 반항 섞인 질문을 했다.

"무슨 일로, 어디를 가야 한다는 말씀이세요?"

진호는 자신의 달라진 태도에 스스로도 깜짝 놀랐다. 브리지트 역시 잠깐 주춤했지만 그뿐이었다. 가면극의 주인공처럼 빠르게 미소를 덧입힌 표정과 예의 강한 어조로 진호를 잡아끌었다. 그녀의 손등에 있던 두 줄의 붉은 상처는 이미 희미해지고 없었다.

"네가 함께 가야 한다고!"

내려칠 것처럼 손을 위협적으로 올리는 브리지트를 보며 진호의 마음속에 다시 검은 장막처럼 두려움이 일어섰다.

그때였다. 누군가 브리지트의 손을 강하게 잡았다. 검은색 방역복을 입은 남자를 본 브리지트는 잡힌 손을 뿌리치며 경멸을 쏟아냈다.

"정체성이란 걸 지키겠다고 안타깝게 노력이라는 것을 하는 건가? 악셀!"

악셀이라고 불린 남자는 대꾸도 없이 천천히 진호에게 다가서며 브리지트에게 물었다.

"네가 말하던 바로 그 인간인가?"

악셀은 진호를 보고 한쪽 입꼬리를 올리며 알 수 없는 표정을 지었다. 진호는 그의 차가운 눈초리에 찬물을 뒤집어쓴 것처럼 몸서리를 쳤다. 브리지트가 바투 다가서자 악셀이 뒤로 움찔 물러섰다. 아주 잠깐 악셀의 얼굴이 일그러졌다.

"여기서 이럴 시간 없어! 흩어진 물질을 모으는 데도 시간이 걸린다고!"

악셀이 진호를 의식하며 눈길을 주자, 브리지트는 코웃음을 치며 비웃었다.

"신경 쓸 것 없어. 어차피 물질만 추출되면……."

악셀은 그녀의 말을 끊고 그녀를 휴게실 밖으로 데리고 나갔다. 어디에나 있지만 아무 데도 없는 것처럼 자신의 존재를 무시하는 두 사람이 진호는 이상하게 거슬렸다. 진호는 점점 울분이 차오르는 것만큼 배 한가운데가 아팠다. 견딜 수 없는 지경에 이르면서 땀이 줄줄 흐르기 시작했다. 땀만이 아니었다. 자신의 모든 열린 구멍에서 기름처럼 끈적끈적한 액체가 줄줄 흘러나오고 있었다. 그리고 주기적으로 고통이 밀려왔다. 고통은 동물의 기괴한 울음처럼 그의 목에서 터져 나왔다. 고통이 파도처럼 일어설 때, 기억하기 싫은 오래전 장

정경숙

면도 함께 떠올랐다. 폐광산에서 철수하던 그날, 진호
와 일행을 죽이려고 달려들던 얼굴, 바로 악셀이었다.

"어떻게 여기까지 온 거지? 그들은 모두 광산에서 죽
었는데! 설마 브리지트가⋯⋯."

진호는 천 개의 바늘이 찌르는 듯한 고통도 잊고 벌
떡 일어나 휴게실을 나왔다.

*

악셀은 연구실 창가에 서서 우주선 발사 장소를 내려
다보고 있었다. 일주일 미룬 우주선 발사 일정이 바로
내일이었다. 물질 순환 장치를 연결하는 주요 부품의
결함에 대한 검증이 제대로 해결되지 않았다는 제작사
실무 연구진의 이의 제기가 발사 일정 자체를 미루는
초유의 사태까지 일으켰다. 사태가 바뀐 것은 연구원
출신 선발 우주인 악셀이 발사 지연에 따른 경제적 손
실에 대한 책임 소재를 언급하기 시작하면서부터였다.
미뤄진 일정에 맞춰 발사가 강행된다는 발표에 맞서 반
대 의견을 낸 사람은 제작사 부품 담당 실무 연구원 한
명뿐이었다. 하지만 그의 말에 귀 기울이는 사람은 아

무도 없었다. 악셀은 혼자 가슴을 쓸어내렸다. 이제 곧 귀환인데 일을 그르칠 수는 없었다.

"네게 맞는 인간을 잘도 찾아냈군. 아니면 네 입맛에 맞게 바꾼 건가?"

악셀의 말에 브리지트는 넓은 소파에 다리를 꼬고 앉아 심드렁하게 대답했다.

"여긴 나와 비슷한 인간들이 많아. 그런데도 잘도 찾아냈군. 우주국 연구원도 되고 말이야. 그때 죽은 줄 알았는데."

악셀이 뒤돌아서자 브리지트는 마치 언제라도 공격에 응할 준비가 되어 있는 것처럼 자신감에 찬 미소를 지었다. 악셀은 느릿느릿 그녀에게 다가가며 말했다.

"많이 죽어 나갔지. 우리가 살아남기에는 너무 열악한 환경이었으니까. 그래도 버텼어. 자그마치 백 년이나! 에너지를 얻을 방법도 몰랐고, 숙주를 바꿔 치우는 일은 힘들었지만 말이야."

멀리서 진호의 동물 같은 울음소리가 간간이 들려왔다. 악셀은 복도 쪽 문을 바라봤다. 브리지트는 꼬고 앉은 다리를 리드미컬하게 까닥거리며 말했다.

"그러게, 지구 생명체가 산소라는 기체로 호흡하고

정경숙

살아갈 줄 누가 알았겠어. 산소가 없는 동물의 대장 속으로 들어가거나 기름 속으로 숨어 버리지 못한 개체들은 모두 사라지고 말았지. 그나마 산소가 적은 심해로 내려간 개체들만 간신히 살아남았고. 에너지를 공급해야 할 개체들은 환경에 적응하느라 뿔뿔이 흩어져 버리고 말이야."

악셀은 마치 오래된 상처가 덧난 것처럼 고통스럽게 신음소리를 냈다.

"에너지 공급 책임을 맡은 개체들이 모두 사라진 건 정말 최악이었어. 네 책임이 크지. 그렇지 않나?"

브리지트는 아무렇지도 않은 듯이 어깨를 으쓱하곤 다시 다리를 까딱거렸다.

"그들은 우리보다 환경 적응이 빨랐을 뿐이야. 산소 호흡을 하는 동물이나 인간의 장 속을 휘젓고 다니다 보면 산소의 활성화 능력에도 적응해야 살아남거든. 그래서 심해를 빠져나올 때도 폐광산이 붕괴할 때도 적응이 느려 굼뜬 너보다 빨리 도망쳐 나올 수 있었던 거지. 그때 네가 인간 속에 숨어든 개체들의 에너지를 모두 가지려고 하지만 않았어도 그들이 겁을 먹고 그렇게 뿔뿔이 흩어지는 일은 없었을 거야. 관리 감독을 탓하기 전에 욕심을 부린 자신을 좀 돌아보지 그래?"

브리지트가 계속 비아냥거릴 말을 찾아 뭔가 또 말하려는데 악셀이 손을 들어 제지했다. 주위가 너무 조용했다. 진호의 고통 어린 소리는 들리지 않은 지 오래였다. 갑자기 문이 열리고 검은 방호복을 입은 남자가 들어섰다.

"진호가 사라졌습니다!"

"안 돼, 그가 없으면……."

소파에 앉아 있던 브리지트가 소리치며 벌떡 일어섰다. 악셀은 이미 방을 뛰쳐나가고 없었다.

초승달은 차갑게 빛났다. 하지만 항구 컨테이너 하적장 구석엔 서늘한 달빛조차 들지 않았다. 어둠 속에서 옆구리를 부여잡고 주저앉은 진호는 오른손으로 가슴팍을 움켜잡고 가쁜 숨을 몰아쉬었다. 그의 들숨과 날숨 사이로 둔탁하고 규칙적인 발걸음 소리가 이리저리 밀물처럼 몰려다녔다. 일정한 간격으로 들고나는 고통을 참던 그가 간신히 움켜쥐고 있던 휴대폰을 손에서 떨어뜨렸다. 둔탁한 파열음이 바닥에 울리자 분주하던 발걸음이 일제히 멈춰 섰다. 서늘한 달빛만 시끄럽게

정경숙

흔들렸다. 신경질적인 목소리가 악마의 주문처럼 울려 퍼졌다.

"흩어져서 찾아!"

익숙한 목소리였다. 고통에 휘둘리던 진호는 '악' 소리가 터져 나오려는 입을 두 손으로 허겁지겁 틀어막으며 악셀을 피해 컨테이너 밑으로 난 틈으로 정신없이 기어들었다. 바닥에 떨어진 휴대폰을 잡은 그의 손이 컨테이너 밑으로 사라지자마자, 방역복을 입은 사람들이 소란스럽게 지나갔다.

손전등이 대낮처럼 모이고 밤처럼 흩어지기를 반복하는 사이 진호는 온몸에 난 구멍에서 땀이 강처럼 흘러내리는 것을 느꼈다. 체온이 점점 내려갔다. 저절로 감기는 그의 눈앞에 검은색 장화가 들어섰다. 들이쉬는 숨을 따라 컨테이너 밑으로 손전등 불빛이 우악스럽게 들이닥친 순간, 진호는 정신을 잃었다. 컨테이너 밖으로 짐짝처럼 끌려 나온 그의 손에서 떨어진 휴대폰이 무심하게 바닥에 나뒹굴었다. 방역복을 입은 사람들 한 무리가 그 소리를 듣고 겹겹이 모여들었다.

그들을 밀치며 악셀이 들어섰다. 진호를 내려다보던 악셀의 눈은 옆에 떨어진 전화기를 향했다. 진호의 땀에 젖은 휴대폰을 집어 들다가 미끌미끌한 느낌에 예기치 않은 공격이라도 당한 듯 바로 기기를 내동댕이쳤다. 인상을 쓰며 장갑 낀 손을 털자, 바닥으로 떨어진 액체들은 방울방울 모이고 흩어지다가 그대로 사라졌다. 어둠 속에 낭자하던 손전등 불빛 속에서 그걸 알아차린 사람은 아무도 없었다. 방역복들이 진호를 들쳐 업고 씩씩하게 사라진 부두 하적장에는 서늘한 달빛만 그들을 뒤따르며 가냘프게 흔들렸다.

*

눈을 뜨고 바라본 방 안은 온통 흰색이었다. 방 안에는 진호뿐이었다. 천 개의 조각으로 갈기갈기 찢기는 듯한 고통은 사라지고 없었다. 주위를 둘러보던 진호는 자신의 팔과 다리뿐만 아니라 입과 항문에도 여러 종류의 관들이 주렁주렁 달려 있는 것을 알아차렸다. 그의 몸속에서 빠져나와 관 속을 통과하는 물질들은 녹색과 황색에서 파란색으로, 그러다 검은색으로 변했다.

"안 돼!"

진호의 외침 소리는 목구멍을 넘지 못했다. 그의 입

정경숙

을 막은 관이 삼켜 버렸기 때문이다. 전력을 다해 몸을 움직이려 했지만, 팔다리는 모두 강철로 된 찌에 묶여 있었다. 시간이 지날수록 가뜩이나 볼품없는 진호의 몸은 점점 더 수분이 증발하듯 메말라 갔다.

그 옆방은 꽤 넓은 연구실을 개조한 공간이었다. 그곳에는 응급실에 실려 왔던 환자들과 구급대원, 의료진이 열을 맞춰 누워 있었다. 그들은 모두 이런저런 줄에 연결되어 있었다. 대부분 의식이 없었지만, 간신히 의식을 차린 몇몇은 몸부림치며 탈출을 시도했다. 하지만 아무 소용이 없었다. 소리는 묻혀 버렸고 그들의 몸에서는 끈끈한 액체가 쉼 없이 뽑혀 나왔다.

악셀은 책상 위에 놓인 컴퓨터 모니터로 개체별 액체 물질 채집량을 관찰했다.

"개체 채집 완료!"

신호음과 함께 울리는 메시지를 듣던 악셀의 어깨에 팔을 두르며 브리지트가 친근하게 말했다.

"진호만 정리되면, 모두 완료되는 건가? 우리의 에너지원 말이야!"

의자에서 일어난 악셀은 브리지트의 말을 무시했다. 방안을 왔다 갔다 하며 걷는 내내 악셀의 얼굴에선 웃음이 떠나지 않았다.

진호는 팔에 얽혀 있던 관을 간신히 강철 찌 안으로 잡아끌었다. 그러고는 손목에서 피가 나도록 관을 쓸어 밀었다. 관이 꺾이고 물질들이 빠져나가지 못하자 진호의 바이털을 점검하는 기기에 알람이 울렸다. 방호복이 들어와 찌를 열고 얽힌 줄을 풀려던 순간, 진호는 팔로 그의 목을 가격했다. 남자는 반쯤 열린 밀가루 포대처럼 고꾸라진 그의 가슴에 달린 패치를 잡아 뜯었다. 그가 패치로 찌를 여는 걸 봤기 때문이다.

방을 빠져나온 진호는 옆에 있는 연구실 안으로 들어가다가 기겁을 하고 주저앉았다. 그 연구실 안에 누워 있는 사람들은 몸 전체가 마른 풀잎처럼 바삭거렸다. 몸에 매달려 있는 수십 개의 줄에는 더 이상 아무런 물질도 흐르지 않았다. 퍼뜩 정신을 차린 진호는 연구실을 나섰다. 어디로 가야 할지도 모르면서 그저 멀리, 바삭거리듯 메마른 사람들의 얼굴을 뿌리치듯 그 방에서 도망쳐 나왔다.

연구소 안 자신의 방에서 귀환할 때 뭘 가져갈지 고민하던 브리지트는 차가움에 베일 것 같은 표정을 하고 서성이던 악셀에게 다가가 마치 오래된 연인처럼 속삭였다.

정경숙

"드디어 내일이야!"

악셀은 그녀를 밀어냈지만, 브리지트는 신경도 쓰지 않았다.

"함께 갈 인간 개체도 있잖아, 우리 에너지원이 들어가 변형시킨 우리 연구의 걸작품! 우리 종족을 담은 숙주인 동시에 우리 종족에게 인간의 특성을 전염시키는 메커니즘을 고스란히 기록하고 있는 개체 말이야!"

그때였다. 진호에게 연결되어 있던 모니터 화면에서 알람이 울렸다. 방호복 하나가 노크도 없이 뛰어들어 왔다.

"진호가, 진호가……."

악셀이 돌아보자, 움찔하던 방호복이 말을 이었다.

"격리실을 탈출했습니다!"

악셀은 브리지트를 두고 천천히 방을 나갔다. 그의 등에 대고 브리지트가 말했다.

"뭘 해도 빠져나갈 수 없다는 걸 미리 말해 주지 않은 거예요, 나처럼?"

복도를 걸어가는 악셀의 귓가에 브리지트의 날카로운 목소리가 악착같이 매달렸다.

복도의 막다른 끝에 이른 진호는 획 하고 뒤를 돌아

봤다. 방호복들이 우르르 몰려오고 있었다. 그러다 갑자기 멈춰 섰다. 그 뒤로 익숙한 남자의 목소리가 복도에 크게 울렸다.

"도망 다닐 필요 없어. 빠져나갈 데가 없거든."

천천히 다가오는 악셀의 여유로움이 진호에게 초조함을 불러일으켰다. 움직이려 애를 썼지만 발은 뿌리가 내린 것처럼 꼼짝하지 않았다. 악셀은 최면을 거는 것처럼 느린 걸음으로 진호에게 다가오더니 재빠르게 그의 목을 후려쳤다.

"아, 한 군데 있긴 하지. 우주선."

진호가 바닥에 고꾸라지자, 방호복을 입은 사람들이 달려들었다.

"빨리 의료 캡슐로 옮겨."

방호복 하나가 말꼬리를 물었다.

"하, 하지만 아직 물질 제거가 완료되지 않았습니다."

방호복을 쏘아보며 악셀이 말했다.

"이 대상은 이미 지상 실험 완료야."

방호복들이 진호를 질질 끌고 들어와 의료 캡슐 속으로 밀어 넣었다. 우리에 갇힌 짐승처럼 진호는 캡슐 창을 두드리며 울부짖었다. 하지만 아무 소용이 없었다.

정경숙

연구소를 떠나 우주선 탑재 물품 창고로 이송될 무렵, 진호는 너무 지쳐서 어떤 생체 신호도 잡히지 않을 지경이었다.

우주인 대기실로 브리지트가 들어왔다. 뒤이어 악셀이 검은색 액체가 든 유리병을 들고 들어오자, 브리지트는 스스로 놀랄 정도로 긴장했다. 정확히 뭐라 말할 수 없었지만, 악셀은 뭔가 달라져 있었다.

'개체들을 모아 먹은 거야!'

브리지트는 잡아먹으려 달려드는 맹수 앞에 서 있는 기분이었다. 그녀는 등을 보이지 않으려 애썼다. 악셀은 피식 웃으며 대기실 안쪽으로 갔다.

"우주복을 입어야겠지? 중력권을 벗어날 동안만이라도 말이야."

브리지트는 대답 대신 애써 웃음을 지어 보였다. 악셀의 여유로움을 느끼자, 갑자기 초조함이 쓰나미처럼 밀려왔다.

*

우주선이 성공적으로 발사되었다는 보도는 연일 언

론의 주목을 받았다. 사람들이 환호하는 그 순간에 발사 장소에서 얼마 떨어지지 않은 연구소 근처에서 신원을 알 수 없는 사람들의 시신이 무더기로 발견되었다. 그들은 모두 탈수 증상이 너무 심해 형체를 알아볼 수 없을 정도였다. 채취된 DNA도 분석할 수 없을 정도로 '비정상적' 염기 배열을 보였다. 신원 확인은 불가능했다. 병원 응급실 환자와 의료진이 집단 실종된 사건에 대해서도 사람들은 주목하지 않았다. 자신의 소행이라며 돈을 요구하는 협박 전화를 건 20대 남자가 잡히고 모두 거짓으로 증언한 것이 드러나면서 사건은 미궁으로 빠졌다. 이런저런 선정적인 제목으로 호기심을 자극하는 언론에 염증을 느낀 사람들은 철저하게 그 사건에서 고개를 돌렸다. 그런 희한한 일 말고도 신경 써야 할 급한 일들은 산처럼 쌓여 있었다. 자신의 생존에 깊이 매몰되어 다른 사람들의 생존에 대한 질문은 파묻혔다. 그렇게 사건도 묻혀 버렸다.

우주선 안은 평화로웠다. 금성 궤도를 지나며 두 차례의 스윙바이를 통해 가속하며 궤도를 수정한 우주선은 막 화성 궤도를 지나 소행성대로 줄달음치고 있었다. 수많은 소행성, 소천체가 떼로 몰렸다가 흩어지는,

정경숙

무지막지하게 제멋대로 움직이며 정확한 궤도를 예상하기 힘든 이 영역만 지나면 목성 궤도를 향해 나아가는 가장 큰 고비를 넘는 것이다. 이렇게 긴 시간 동안 브리지트도 악셀도 서로 모습을 보이지 않았다. 우주선은 이상하리만치 고요하게 이동하고 있을 뿐이었다. 평화로움인지 무기력인지 알 수 없었다.

손가락조차 움직일 수 없을 정도로 근근이 목숨을 유지하고 있던 진호의 캡슐 안으로 갑자기 물질들이 공급되기 시작한 것은 소행성대를 향해 가던 중의 어느 날이었다. 발사 전부터 언급되던 물질 순환 장치 연결 부품의 결함 때문이었다. 메말라 가던 그는 하루가 다르게 힘을 얻었다.

우주선 발사 후 지구 중력권을 벗어나자마자 악셀은 브리지트를 제거하려고 했다. 하지만 가만히 있을 그녀가 아니었다. 진호의 의료 캡슐을 점검하는 유일한 임무를 수행하는 와중에도 그녀는 악셀에 대한 경계를 늦추지 않았다. 하지만 강철 같은 그녀도 잠 앞에서는 어쩔 도리가 없었다. 그녀가 잠든 사이 악셀은 브리지트를 의료 캡슐 안에 밀어 넣었다. 시간이 지나면서 물질들이 빠져나가기 시작한 그녀의 몸은 메마른 먼지처럼 캡슐 안에 가라앉았다. 우주선 안에는 이제 악셀 혼자였다. 그는 수면 캡슐 안으로 들어가기 전에 자신이 깨어날 시간을 조정했다. 화성 궤도를 지나 소행성대를 벗어나고 있을 무렵이다.

악셀이 눈을 떴을 때 우주선 안은 고요했다. 캡슐 문을 열고 밖으로 나오자마자 악셀은 조종간의 계기판을 들여다봤다. 정확했다. 예상했던 궤도에 예상 시간에 맞춰 도달했다. 불평을 일삼던 지구의 기술력에 박수를 보내려던 찰나, 그의 눈에 다른 계기판의 숫자들이 들어왔다. 세 개의 생명체. 셋이라니! 그는 계기판을 다시 들여다봤다. 3이다. 더구나 한 개체는 움직이기까지 한다. 악셀은 서둘러 의료 캡슐이 있는 칸으로 이동하며 거추장스러운 우주복도 벗어 버렸다. 깊은 바닷속을 가르는 담요문어처럼 우주복은 확 펼쳐진 입처럼 다물 줄을 모르고 남자가 떠난 조종실 안을 떠다녔다.

브리지트가 의식을 차린 것은 우주선이 화성 궤도를 막 통과한 후였다. 잠이 든 채 밀어 넣어진 캡슐 안에서 악셀의 얼굴을 본 것이 그녀가 기억하는 마지막이었다. 그녀의 몸에서 빠져나가던 물질들이 다시 들어오기 시

정경숙

작한 것은 얼마 전부터였다. 그녀의 눈앞에는 가끔 방
호복을 입은 사람이 왔다 갔다 하는 것만 보였다. 손가
락을 움직일 수 있게 되자, 그녀는 캡슐을 열어 보려 애
를 썼다. 하지만 역부족이었다. 그녀는 눈을 감고 기다
리기로 했다. 천천히 그녀의 시간이 올 것이다. 서두를
필요는 없었다.

캡슐이 있는 방 안으로 들어온 악셀은 두 눈을 의심
했다. 그가 조종실의 수면 캡슐 안으로 들어가기 전에
의료 캡슐은 모두 완전 건조 상태로 지정했었다. 그런
데 활성화에 물질 공급까지 되고 있는 것이 아닌가! 이
상태라면 목성에 도착하기도 전에 개체 에너지는 고갈
된다. 더구나 이들이 활성화된다면, 더 이상 제어가 불
가능하다. 악셀은 자신의 팔에 붙은 통제 장치 이력을
들여다봤다. 분명 다른 누군가가 우주선 안에 있다.

'누구지?'

그때 방호복을 입은 남자가 들어왔다. 악셀은 그를
한눈에 알아봤다. 진호였다!

진호는 캡슐이 줄지어 있는 곳으로 가서 조정판을 눌
렀다. 캡슐의 문이 일제히 열렸고 잠든 것처럼 보이던
브리지트가 캡슐에서 나왔다. 브리지트는 여전히 창백

한 얼굴이었지만 키는 더 크고 몸집도 건장해졌다. 악셀은 진호를 향해 소리쳤다.

"무슨 짓을 한 거야! 이제 우리 비행선과 랑데부하면 곧 돌아갈 수 있는데!"

진호는 건조하게 말했다.

"그건 당신 혼자 생각이지. 난 돌아갈 생각이 없어! 이제 우리는 지구에 완전 적응했다고. 더구나 지구 환경은 이산화탄소와 메탄이 점점 많아져서 우리가 살기 좋은 환경이 되어 가고 있다고."

악셀은 훅 하고 큰 소리를 내며 숨을 내쉬었다.

"오염됐구나."

진호는 크게 웃으며 말했다.

"오염이라니. 지구인처럼 말하시네. 자립이라고 하면 어떨까? 당신처럼!"

진호가 한 발 앞으로 나섰다.

"그래, 이젠 지구인의 면역 체계에 맞춰 우리 몸의 변종도 다 마친 상태였어. 이, 진호라는 인간이 가진 집착으로 간신히 만들었다고! 그런데 우리 생각도 물어보지 않고 이렇게 막무가내로 데리고 나오면 어떻게 해?"

자신의 몸뚱아리를 제대로 가누지 못하던 나약한 진

정경숙

호의 모습은 어디에도 없었다. 악셀은 진호를 보며 멍해진 채 말했다.

"간신히 모아 놓은 동족의 물질들을 이렇게 나누어 주며 낭비하다니! 그건 지구 점령을 판단하기 위한 자료였다고!"

진호의 눈빛이 달라졌다.

"지구 점령을 판단한다고? 그걸 하기도 전에 너는 동족의 개체를 모두 죽여 버렸잖아! 네가 그 모습을 유지하는 건 모두 동족의 물질을 흡입한 덕분이잖아!"

진호의 곁으로 다가선 브리지트가 말을 이었다.

"나를 죽이려 하다니! 하지만 이렇게 살아 있지. 에너지를 나눠 준 진호 덕분에 말이야! 물질을 받아먹고 나도 설득당했지 뭐야."

둘은 합세해서 악셀을 구석으로 몰아세웠다. 브리지트가 뱀처럼 다가서며 말했다.

"우린 지구로 돌아갈 거야. 백 년이 넘게 참고 견디며 간신히 적응해 온 우리가 이제는 지구 점령을 시작할 차례라고."

진호는 천천히 말을 이었다.

"산소가 없는 곳을 찾아다니느라고 우리는 지구 여기

저기를 옮겨 다녔어. 그러다가 죽어 간 동족을 먹고 우리 안에 쌓아 놨다고. 바다 깊숙한 곳에서 황을 먹고 살아가는 미생물을 복제하며 그들을 먹는 생물들의 장기 속에서 간신히 버티며 여기까지 왔다고!"

악셀이 말을 끊었다.

"그건 너희들 생각이지. 지구 점령이 가능한지 판단하기 위해 우리에게 주어진 임무는 지구 환경과 생명체 정보 획득 후 귀환이야. 우리 비행선이 산산조각나지만 않았으면 바로 일어났을 일이지. 이 빌어먹을 인간들의 후진 기술이 이만큼 발전하기까지 간신히 기다려 온 것뿐이라고. 이제 곧 목성이야. 강한 태양 빛 때문에 더 이상 접근하지 못하고 거기서 기다려 온 우리 비행선이 있으니까 가서 얘기해! 지구로 되돌아갈 것인지 함께 귀환할 것인지는 랑데부하고 나서 결정하면 될 거 아냐! 푸릇푸릇한 지구는 이제 넌덜머리가 난다고!"

진호와 브리지트는 동시에 한 발 뒤로 물러섰다. 그들은 그 몸짓으로 귀환 거부를 명확하게 표현한 셈이었다. 진호가 조종실 쪽으로 난 문을 향해 돌아서자 흥분한 악셀의 두 주먹이 빠르게 움직였다. 브리지트는 구석으로 나가떨어지고 진호는 순식간에 기절했다.

정경숙

"여전히 지구인의 습성을 가지고 있군."

악셀은 진호 위에 올라타 옆구리에 난 상처를 집중적으로 가격했다. 뼈를 때리는 극심한 고통이 기절했던 진호를 깨웠다. 다음 순간 악셀의 두 주먹이 내리꽂혔다. 그게 마지막이었다. 진호의 숨은 끊어지고, 옆구리 상처는 크게 벌어져 있었다. 그의 상처에서, 입과 항문에서 나온 끈끈한 액체가 선실 바닥을 돌아다녔다. 구석에서 뱀처럼 지켜보던 브리지트가 순식간에 기어와 그 액체를 마셔 버렸다.

구석에서 숨을 고르던 그녀는 기괴한 표정으로 악셀에게 다가섰다.

"난 지구에 남을 생각이 없었는데 왜 제거하려고 한 거지? 네 편이 될 수도 있었는데!"

악셀이 건조하게 답했다.

"넌 너무 지구인처럼 돼 버렸거든. 그들이 즐기는 비열한 권력의 맛을 즐기고 있더라고. 그런 식으로 우리 행성을 오염시킬 테니까."

브리지트가 자신의 배에 꽂힌 칼의 온도를 깨달은 것은 몇 초도 지나지 않아서였다. 그녀의 배가 열리고, 목구멍을 넘어 위장에 도달하지도 못한, 한때는 진호와

다른 개체들의 몸속에 기생하던 물질들이 뿜어져 나와
바다 여기저기를 또르르 굴러다녔다. 브리지트는 뜨거
운 물에 순식간에 녹는 아침 식사용 분말 수프 가루처
럼 녹아 내리며 빠르게 분해되고 있었다. 선실 안의 산소
를 접한 바닥의 물질들은 거무튀튀한 색으로 변해 갔다.
악셀은 의료 캡슐 방을 떠났다. 다시 평온이 찾아왔다.

*

악셀이 조종실로 돌아오자마자 목성 궤도 근처에서
동족이 보내오는 신호가 잡혔다. 그는 주체할 수 없는
기쁨에 울음을 터뜨렸다. 자신도 모르는 사이에 지구인
의 감정에 젖어 있다는 사실에 당황했지만 이제 곧 귀
환할 수 있다는 사실을 깨닫고 흐르는 눈물을 내버려
뒀다. 지구에서 보낸 백 년이란 세월이 주마등처럼 흘
러갔다. 산소로 가득한 피폐한 지구 환경에서 얼마나
많은 동족들이 죽어 나갔는가. 간신히 마련한 심해의
영역은 막강한 압력의 환경이었지만, 그나마 머무를 수
있는 거처를 제공했다. 산소도 지상보다 많지 않아 다
행이었다. 강렬한 태양 빛도 닿지 않았다. 메탄이나 황

정경숙

이 즐비한 곳을 찾아다니다 죽어 간 동족들의 아비규환이 들리는 듯했다. 지구의 인간들은 대기 중의 산소를 호흡하며 늘어나는 오존량이 어쩌고 하면서 난리를 쳐 댔다.

산소는 악셀과 그 동족에겐 몸을 극단적으로 활성화해서 분해하는 극약이었다. 그들이 산소가 없는 인간의 대장 속으로 들어갈 수 있었던 것은 천혜의 축복이었다. 그 속에서 수많은 미생물의 습성을 배우며 간신히 살아남을 수 있었다. 풍부하게 생산되는 메탄을 마시고, 산소가 없는 숙주인 인간의 장 속에서 활동하며 세로토닌을 만들어 내서 뇌로 전달해 만족감을 느끼도록 하고, 사람들의 행동을 조작하는 것도 배웠다.

하지만 동족들은 이런 기생 생활 속에서 인간의 저열한 습성도 함께 습득해 갔다. 동족들은 기생하는 숙주의 성격이나 대사에 영향을 받아 조금씩 다른 변종으로 거듭났다. 권력욕이 강한 브리지트 몸속으로 들어간 동족은 권력욕이 강한 개체로 변해 갔다. 에너지 공급을 담당하던 동족은 진호라는 내성적인 숙주 속에서 폐쇄적으로 변형되며 개방적으로 에너지를 보급해야 할 자신의 역할을 잊어버렸다. 에너지 공급을 받지 못한 많은 동족 개체들이 죽어 갔다.

악셀은 동족의 정체성을 지키기 위해 간간이 거대 전염병을 일으키며 인간 몸속에 기생하는 숙주들을 불러 모았다. 거대한 파티였다. 그렇게 정보를 교환하며 인간들이 기술력을 확보하기를 기다려 왔다. 물론 인간의 기술력은 미미하고 원시적이어서 이들의 기술이 충분히 발달하기까지 백 년이란 세월을 참고 견뎌내야 했다. 목성 궤도 근처를 비행하던 동족 비행체의 신호를 잡은 것은 폐광산에서 심해 생물 흔적 채집 프로젝트가 막 시작된 무렵이었다. 각자가 기생하는 인간 숙주를 움직여 인간이 만든 우주선으로 모이도록 조치를 해야만 했다.

이제 곧 귀환한다는 생각에 들뜬 악셀은 다시 조종실 한쪽에 있는 자신의 수면 캡슐로 들어갔다. 그는 다시 한번 달콤한 꿈속으로 스며들었다.

얼마나 시간이 지났을까. 알람과 함께 악셀은 깊은 잠에서 깨어나 캡슐을 나왔다. 목성의 검붉은 메탄 대기층을 기대하고 있던 악셀의 눈앞에 펼쳐진 것은 창백한 푸른 점이었다.

정경숙

'지구잖아!'

우주선은 지구로 귀환하고 있었다. 동족을 만나 곧 귀환한다는 생각에 들떠 있던 악셀은 계기판의 목적지가 지구로 바뀌어 있는 것을 알아채지 못했다. 브리지트와 진호가 목적지 설정을 바꿔 놓은 것이다. 각종 계기판은 알 수 없는 수치를 가리키며 난장판을 벌이고 있었다. 그 순간 동족에게서 날아든 메시지는 더 절망적이었다.

"지구 환경 분석 완료. 이주 및 점령 환경 부적절. 즉시 탈출 요망! 목성 궤도 이탈 중."

악셀의 얼굴은 새까맣게 변했다. 이제 그에게는 에너지를 공급해 줄 진호도 브리지트도 사라지고 없다. 그는 비극적인 풍경을 바라보며 자신에게 달라붙는 절망을 필사적으로 떨어내려 애썼다. 그의 마음도 모른 채 점점 다가오는 지구는 찬란한 푸른빛으로 그의 눈을 향해 쳐들어왔다.

신촌 백양로에 출몰하며 별에 대한 관심을 키워 나갔다. 익숙해진 환경에 만족하지 못하고 박차고 나가 베를린에 내려앉았다. 별의 진화에 미치는 먼지의 '작은' 역할에 대해 고민한 결과로 베를린공대에서 학위를 받고, 역동적인 소통과 교류의 흐름에 빠져 파리국립천문대로 갔다. ARCSEC, 서울대학교, 한국천문연구원을 거쳐 지금은 세종대학교에 출몰 중이다.

광활한 우주에 생명이 존재하는 사건이 일어났다. 인간을 비롯한 지구 생명체가 바로 그 증거다. 하지만 이와 같은 사건이 단지 지구에만 국한된 사건일까? 우리 우주는 수천 억 개의 별들로 이루어진 은하들이 1조 개에 달한다. 그 수많은 별들 주위에 지구처럼 딱딱한 지표면을 가진 암석형 행성들이 존재하고, 또 이들 가운데 생명체 존재에 필수적인 물이 존재할 수 있는 조건을 충족한다면, 이들 지구형 행성 중에는 지구처럼 생명체가 존재할 가능성이 더 높아진다.

만일 이들 가운데 일정한 지적 수준에 도달해서 문명을 갖춘 외계 지적 생명체가 존재한다면 그들의 형태는 지구상 지적 생명체와 어떤 공통점과 차이점을 가질까? 그들이 존재할 수 있는 조건은 물과 에너지 외에 또 무엇일까? 우주 안에서 이러한 생명 탄생 현상은 과연 공통적으로 일어나는 현상일까?

지구 생명체 사건은 이렇게 외계 생명체, 나아가 외계 지적 생명체 탐구에 대한 기나긴 여정을 시작하게 했다. 우리가 경험하고 이룩한 지식의 틀과 원리 안에서 인식된 지구 생명체 존재 조건이 우주 안에 존재할 수 있는 다양한 생명체 형태의 공통 기준이 될 수 있을까? 이에 대한 답은 여전히 엉성하고 불완전하다. 그 답을 찾아가는 방황과 확신의 길 사이에서 우리가 경험하고 인식하는 지식, 기준에 대한 외람된 도발을 해 보고 싶었다. 외계 지적 생명체가 지구에 불시착한다면, 그리고 지구 환경이 그들에게 생존의 위협을 가한다면 어떤 일이 벌어질까. 과학이라는 틀 안에서 완고해진 상상력을 자유롭게 풀어헤쳐 보기로 했다. 제멋대로 날뛰는 기준과 원리를 부디 용서하시라!

　최근 한국 문학계가 고루함을 탈피하기 위해 SF로부터 새로움을 받아들이는 듯한 경향이 보인다는 말을 나는 몇 차례 들은 적이 있다.

　『항상 앞부분만 쓰다가 그만두는 당신을 위한 어떻게든 글쓰기』라는 책에는 2000년대 중반 즈음에 문학에서 죽음이라는 소재와 인물이 바람나는 사건이 너무나 많이 사용되었다는 이야기가 나와 있다.

　나는 과연 얼마나 그럴까 싶어 한번 읽는 소설마다 따져 본 적이 있다. 그런 생각을 갖고 읽어서 더 그런지는 모르겠지만, 어떤 때에는 읽는 소설마다 다들 누가 죽는 이야기 아니면 누가 바람나는 이야기가 꼭꼭 실려 있어서 놀라기도 했다. 죽음 중에서는 스스로 목숨을 끊는 이야기의 비중이 유난히 높아 보였다.

그 무렵 사람들의 갈등과 고민을 성찰하기 위해서는 그런 소재들이 유난히 적합했을 거라고 추측해 볼 수도 있다. 그런데 한편으로는 그냥 글 쓰는 사람이 흥밋거리로 이런 소재를 가져와 쓰는 경향이 있는 것은 아닐까, 싶은 생각도 들었다. 그러니까, 현실적이라고 평가받는 소재이면서 누구나 공감할 만한 갈등 상황을 짜 내려면 일단 쉽게 생각해 낼 수 있는 것이 이런 정도라는 뜻이다. 한편으로는 그냥저냥 흘러가는 이야기에 괜히 무겁고 진지한 느낌을 주거나, 충격적인 결말이나 강렬한 전환을 주기 위해서 누가 아주 비참하게 죽는 장면, 처절하거나 허무한 죽음을 다루는 대목을 조미료 넣듯 확 이야기 속에 뿌려 넣는 것 아닐까 싶은 생각도 들었다.

물론 진지하게 소설을 쓰는 작가들 중 대다수는 그렇게까지 허투루 무거운 소재를 함부로 쓰지는 않을 것이다. 그렇지만, 끝도 없이 그런 소재들이 서로 다른 소설마다 이어지고 또 이어지는 것을 보다 보면, 아무래도 지겹고 따분하게 느껴지는 것은 어쩔 수 없었다.

고루함을 새롭게 피워 낸 SF

이명현의 「폴리아모리 유니베르스타」는 이런 닳고 닳은 소재라 하더라도 그것들을 SF 영역에서 붙잡아 신선한 모습으로 피워 낼 수 있다는 훌륭한 예시 같은 소설이었다. 사람의 정신 정보를 읽어 들이는 기술을 이야기하면서 생생하고도 자연스럽게 죽음이라는 소재를 가져다 놓는다. 그런가 하면 개인의 가장 내밀하고 핵심적인 정신 정보의 요체가 여러 사람들 사이에서 융합하는 장면과 전통적인 일부일처제식 연애관을 대비시킨다. 가까운 소재가 SF의 틀 속에서 참신해지고, 무겁고 어둡기만 했던 소재가 SF의 방식으로 다른 영역으로 뛰어오르는 느낌이었다.

비슷한 시도를 한 소설 중에서도 이 이야기는 매끄러운 편이었다. 한 사람의 일생을 차분히 따라가면서, 우주, 인생, 삶의 의미와 같은 주제들을 차곡차곡 던져 넣는 구성이 우선 튼실했다. 덕택에 이야기는 구체적이고 쉽게 상상할 수 있으면서도 이어지는 감정과 고민의 깊이는 깊어졌다. 천문학과 우주 탐사라는 배경은 이런 이야깃거리들을 하나로 잘 이어 붙이고 한 냄비의 찌개, 한 솥의 국처럼 서로 어울려 하나가 되게 만들었다. 그러면서 실제 지명과 구체적인 천문대가 배경으로 등장하는 묘사들이 먼 공상과 같은 이

야기를 언젠가 현실로 벌어질 이야기라는 느낌으로 꾸며 준
다. 우주 한쪽 멀리에서 빛나는 별들을 천문대 아래 풀밭에
서 올려다보는 밤 풍경이 펼쳐진다. 이런 풍경은 대단히 거
창한 이야기와 한 사람만의 감정을 동시에 담아 보여 준다.

소설 읽는 재미

이은희의 「떨리는 손」 앞부분을 읽으면서 이런 게 글 잘
쓰는 솜씨라는 생각이 바로 들었다. 뭔가 특이한 일이 일어
날 것 같은 호기심과 긴장감을 유지하면서도 생생한 묘사가
읽는 사람을 휘감는다. 과하지도 부족하지도 않은 문장으로
사람을 소설 속 현장에 끌어다 놓는다. 이런 것이 소설 읽는
재미다.

잘 찍은 영화를 보면 "실감 난다"라는 말을 절로 하게 된
다. 그렇지만 영화는 결국 영화 제작진이 만들어 놓은 영상
을 저장해 둔 걸 내가 다시 구경하는 것이다. 나와 다른 사람
이고, 다른 곳에서 살고, 다른 생각을 갖고 있는 영화배우가
주인공을 연기하면서 영화 속 배경을 걸어 다니며 사건을 겪
는다. 우리는 그 다른 사람인 주인공이 겪는 일을 볼 뿐이다.
그런데도 내가 겪는 일처럼 실감 나게 느꼈다면 잘 찍은 영
화라고 할 만하다.

잘 쓴 소설에 빠져들어 읽는 재미는 이런 영화와는 좀 다르다.

소설 속 배경과 사건을 내가 이해하게 되면, 그것을 나의 생각을 이용해 스스로 장면으로 꾸며 상상하게 된다. 작가가 꾸며 준 문장을 따라가면서 나는 나만의 느낌으로 소설 속 세상을 접한다. 소설 속 이야기는 내 머릿속의 내 느낌이 되어 나의 이야기로 살짝살짝 변하면서 내 정신 속에서 펼쳐진다. 그 때문에, 하나의 문장을 두고도 읽는 사람마다 상상하는 바는 모두 다르고 느끼는 바도 모두 다르다. 그만큼 잘 쓴 소설의 이야기는 나만의 이야기가 된다. 한번 깊이 빠져들기 시작하면 잠깐 스쳐 지나가는 한 마디 말도 머릿속에 꽉 들어차도록 힘을 내뿜기도 한다.

「떨리는 손」 앞부분의 생동감 넘치는 묘사와 차분하게 갈등의 핵심으로 전진하는 박자 감각, 그리고 부드럽게 이어지는 반전은 이런 소설다운 재미가 넉넉했다. 반전의 중심에 자리 잡은 과학 기술이 바로 손에 잡힐 듯 현실적이고 가능할 법하다는 점도 훌륭했다. 이야기의 생동감을 높이고 반전의 무게를 더하는 느낌이었다.

이 반전은 멋들어지게 문제를 제기하기도 한다. 간단하다면 간단한 한두 가지 과학 기술의 적용으로 우리 사회에 자리 잡은 고정 관념, 공정, 윤리, 여러 가지 다양한 문젯거리를 한꺼번에 꺼내 온다. 이런 것도 글로 읽는 소설만의 재미다. 후반에 다시 펼쳐지는 두 번째 반전, 그러니까 반전에 반전을 거듭하는 부분은 조금 과하지 않나 하는 생각이 들기도 했다. 그렇지만 애초에 독특한 도전으로 구성한 책의 표제작인 만큼, 이 정도로 과감하게 내지르고 싶은 만큼 내질러 보는 것도 나쁠 것 없었다고 생각한다.

환상특급 같은 신비한 상점

미국의 텔레비전 시리즈 'The Twilight Zone'은 KBS에서 방영한 '환상특급'이라는 제목으로 가장 잘 알려져 있는 편이다. 우리가 '환상특급'이라고 하는 것은 1980년대에 미국에서 새롭게 다시 제작한 시리즈로, 원래는 1960년대에 나왔던 원판도 있었다. '환상특급'만큼 한국에서 유행하지는 않았지만, 사실 원판 'The Twilight Zone'도 한국에서 방영한 적이 있다. 원판은 1970년대 후반에 MBC에서 '제6지대'라는 제목으로 잠깐 방영되었다.

'환상특급' 또는 '제6지대'의 내용은 SF나 환상물 같은 현실 세계를 초월하는 소재를 다룬 이야기를 짤막하게 구성해 한 회당 하나 또는 몇 개씩 보여 주는 것이다. 따라서 이야기가 시리즈에 걸쳐 이어지지 않고, 한편 한편이 각각의 이야기로 완결되는 단막극 구성이다. 이런 부류의 앤솔러지 TV 시리즈 중에서 단연 가장 큰 인기를 끈 시리즈이기도 하다.

김창규의 「고리」는 바로 이런 '환상특급'의 한 에피소드 같은 느낌을 잘 담아낸 이야기였다. 요즘 소설, 영화, 연속극, 만화에서 종종 '신비한 상점'이라는 틀을 갖고 이야기를 풀어 가는 경우가 있는데 「고리」는 여기에 걸맞은 이야기이기도 했다. 신비한 상점에 고민거리가 있는 사람이 찾아오고, 신비한 상점은 그 신비한 힘으로 고민거리를 해결해 준다. 그 과정에서 숨겨진 사실이 드러나기도 하고 새로운 모험이 펼쳐지기도 한다. 이 신비한 상점의 주인이나 기술자쯤 되는 인물은 대체로 처음부터 모든 답을 전부 다 알고 있었다는 듯이 굴면서도 차근차근 쉽게 설명해 주지 않고 알쏭달쏭한 말로 호기심을 자극하는 말투로 말하기 마련인데, 이 소설의 신비한 인물도 역시 그런 역할을 잘 해내고 있다.

도입부터 결말까지, 과연 '환상특급'의 에피소드 같은 면모로 잘 꾸려져 있는 소설이었다. 중반에 다른 주인공이 등장하며 또 다른 신비한 소재를 하나 더 던지는 구성은 이야기를 읽는 새로운 맛도 부족하지 않게 채워 주고 있다.

즐겁게 읽는 괴상한 수수께끼

이종필의 「동방홍 원정기」는 중반까지 압도적인 소설이었다. 나는 이런 소설을 정말 좋아한다. 어떤 사람이 겪는 일상이 공감 가는 필치로 나오는데 그 와중에 뭔가 신기한 수수께끼가 하나 생긴다. 주인공은 그 이상한 일을 해결해 보려고 하지만, 알아보면 알아볼수록 더 이상하고 더 알 수 없어 보인다. 이야기를 파헤치는 가운데 더욱더 이상한 수수께끼가 하나 더 생겨난다. 이런 이야기가 잘 짜 맞춘 구조에서 펼쳐지면, "그래서 도대체 답이 뭐란 말인데?" 하면서 그 다음을 읽지 않고는 견딜 수가 없게 된다. 이야기에 푹 빠져서 한 장 한 장 또 넘긴다.

이 이야기는 물리학 연구하는 주인공이 자주 만날 법한 사람들을 만나며 겪는 일상을 무대로 하고 있다. 하지만, 벌어지는 사건은 완전히 엉뚱한 수수께끼다. 일상은 진짜 같고, 수수께끼는 정말 이상하다. 즐겁게 읽을 수밖에 없었다. 중국 음식점에서 조금 생소한 중국산 술을 두고, 그 술이 어떤 술이다, 어떻게 마신다더라 하는 이야기를 잡담으로 나누는 중년 남녀들의 모습을 펼쳐 놓은 대목은 현실을 그대로 지면 위에 눌러 놓은 듯, 진짜 같았다.

흥겨운 문장으로 진행되는 내용에서 희미하게 웃음기가

서려 있는 느낌도 무척 즐거웠다. 괴상하게 꼬여 있는 수수께 기가 펼쳐지는 소설 내용을 더 살려 준다는 생각도 들었다.

누군가 "멋진 미스터리의 가장 큰 문제점은 사실이 밝혀 진다는 것이다"라는 말을 했다는데, 그 말대로 이 소설의 수 수께끼가 신기했던 것만큼 그 답변을 보는 것은 오히려 안 타까운 느낌이었다. 그렇지만 맨 앞에 펼쳐 둔 복선이 제 역 할을 하고 있었고, 이야기를 타고 흐르는 웃음과 흥이 그 복 선을 도와주고 있었다. 덕택에 끝까지 재미있게 읽을 수 있 는 소설이었다.

정신 나간 생각은 SF의 꽃

'지구에 어떻게 생명이 처음 생겨났는가'에 대한 학설 중 에 범종설(汎種說, panspermia)이라는 것이 있다. 이 학설 은 우주 이곳저곳을 떠도는 생명 물질이 있는데, 이 생명 물 질이 우연히 어떤 행성에 떨어지게 되면 그 행성에서는 생 명이 자라나기 시작해 운이 좋으면 그 행성을 뒤덮으며 진 화한다는 생각이다.

범종설에 따르면 먼 옛날 황량한 돌덩이였던 지구에 생 명이 처음 생긴 이유도 바로 이런 생명 물질이 우주를 떠돌 다 우연히 지구에 떨어졌기 때문이다. 범종설 중에 좀 더 특이한 것으로는 정향범종설이라는 것도 있다. 정향범종설은 누군가 일부러 지구 방향을 향해서 이 생명 물질을 어떤 의도를 갖고 일부러 퍼뜨렸다고 하는 생각이다.

나는 이런 생각을 진지하게 믿는 사람이 있다는 사실을 대학원에서 공부하던 시절에 처음 알게 되었다. 뉴질랜드에서 이론 화학을 연구하는 슈베르트페거(Peter Schwerdtfeger) 교수가 한국에 왔다고 해서 학교에서 세미나가 열렸는데, 거기서 이런 이야기를 들었다. 그는 생명이 지구에 어떻게 생겨났는가에 대한 최신 학설을 여럿 소개했는데, 그중에 바로 이 범종설도 포함되어 있었다. 그러면서 "이쪽 분야에는 별별 정신 나간 생각을 하는 사람들이 다 있다"고 덧붙였다.

SF 세계에서는 별별 정신 나간 생각일수록 재미난 이야기로 피어오르기 마련이다. 이런 생각에 따르면 우리가 우주 탐험에 나서서 옆 행성에 착륙해 세균 몇 마리라도 옮겨놓으면, 그것이 한 행성의 생명이 다른 행성으로 생명을 퍼뜨린 것이 된다. 즉 우리가 생명 물질을 다른 행성에 퍼뜨린 셈이다. 그렇게 보면, 발전한 행성에서 나타난 우주선이 우주 이곳저곳을 다니면서 이리저리 생명을 묻히고 다니는 모습은 바람에 씨앗이 날려 식물이 퍼지는 것과 비슷해 보이기도 한다.

흥미 있는 이야깃거리이다 보니, 제임스 팁트리 주니어 (James Tiptree Jr.) 같은 작가도 단편소설 「덧없는 존재감」에서 이런 소재를 중심에 놓고 다루었다. 우주 개척, 탐사, 모험과 같이 아무리 희망찬 소재라고 할지라도 거기에서 절망으로 가득한 어두운 비극을 장중하게 빚어내는 작가의 장기가 제대로 힘을 발휘한 소설이기도 하다.

정경숙의 「귀환」은 그보다는 좀 더 경쾌하고 훨씬 더 잘 잡히는 느낌의 이야기로 독자를 끌어들인다. 앞부분은 '더씽' 같은 영화에 나오는 '과학자들이 이것저것 조사하고 파보다가 괴상한 것을 건드렸다'는 이야기로 장식되어 있어서 긴장감과 호기심을 불러오고, 중반부의 전환 이후에는 비밀이 드러나며 새로운 관점에서 이야기의 폭이 확 넓어지는 구성으로 되어 있다. 이런 전환으로 과감하게 배경과 소재를 넓혀 가는 기법 역시 SF를 읽는 후련한 맛이 살아 있어서 잘 어울렸다고 생각한다.

곽재식(SF 작가)

떨리는 손

2020년 2월 28일 1판 1쇄
2020년 12월 31일 1판 2쇄

지은이   김창규, 이명현, 이은희, 이종필, 정경숙
편집   김태희, 장슬기, 김아름, 이효진
디자인   김민해
제작   박흥기
마케팅   이병규, 양현범, 이장열
홍보   조민희, 강효원
인쇄   천일문화사
제책   J&D바인텍

펴낸이   강맑실
펴낸곳   (주)사계절출판사
등록   제406-2003-034호
주소   (10881) 경기도 파주시 회동길 252
전화   031)955-8588, 8558
전송   마케팅부 031)955-8595 편집부 031)955-8596
홈페이지   www.sakyejul.net
전자우편   literature@sakyejul.com

© 김창규, 이명현, 이은희, 이종필, 정경숙 2020

값은 뒤표지에 적혀 있습니다. 잘못 만든 책은 구입하신 서점에서 바꾸어 드립니다.
사계절출판사는 독자 여러분의 의견에 늘 귀 기울이고 있습니다.
이 책은 저작권법에 따라 보호받는 저작물이므로 무단전재와 무단복제를 금합니다.

ISBN 979-11-6094-537-9 04810
ISBN 979-11-6094-050-3 (세트)